사는 재미

정영화 시집

온 세상의 아픈 이들과 함께 하고 싶은
임상의사의 공감편지

박영사

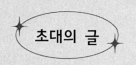

우리는 누구나
잘 살고 싶어합니다.
재미있게 살기를 소망합니다
몸과 마음이 아픈 이들은 더욱 더 그렇습니다.

재미있게 사는 방법을 찾고 싶습니다.
그리고
그 방법을 몸에 익히고 싶습니다.
이런 과정이 아픈 이들에게
위로를 드릴 수 있으면 좋겠습니다.

그래서
내일 맞이하는 세상이
좀 더 따뜻하면 좋겠습니다

차 례

둘   살아가는 재미

셋   뛰노는 재미

사는 재미

내가 좋아하는 것을
네가 좋아하지 않아도 돼
네가 좋아하는 것을
내가 좋아하면 되지 뭐

네가 뻘뻘 올라오지 않아도 돼
내가 콩콩 내려가면 되지 뭐

사는 데가 다를 뿐
위아래가 어디 있어
어울려 함께 살면
그게 다 재미지 뭐

하나

돌아보는 재미

손에 잡힐 듯한 몸짓이 아련하다
다시 만나 부둥켜안고 싶은 마음이 간절하다

손동작 하나도 아깝다
소꿉친구들과 함께 춘 춤은 더없이 소중하다
체온이 느껴지는 춤은 하염없이 눈물겹다

다시 물이 되어

당신은 하늘을 날아
기적도 없이 내게 흘러왔습니다
천년 꿈을 전하며 끊임없이
벅찬 박수를 보내 주었습니다

당신은 온전히
내 얼굴을 존중해 주었습니다
동안에 깊은 주름이 패일 때까지
추억을 나누며 내 곁을 지켜 주었습니다

어리석게도 이제서야 깨닫습니다
당신이 내게 생명을 주었음을
몸과 마음은 당신 속에서만 흐르고
당신이 나이고 내가 바로 당신임을

나는 지금
어디로 흘러가고 있습니까
나는 언제
당신 품속으로 다시 돌아갑니까

과거를 쓰다듬으며

삼남매의 막내로 태어난 당신은 한 번도
과거라는 멀쩡한 이름을 스스로 말한 적이 없다
만난 적 없는 누이 미래를 늘 아름답다 자랑한다
언제나 쌍둥이 형 현재 덕에 산다고 말하고 다닌다

소나기를 피해 허겁지겁 현관문을 열 때면
당신은 말을 아끼며 제주해변을 그린다
거기엔 벅찬 신혼부부가 석양과 마주 서있다
연녹색 세상엔 노랗게 유채꽃이 한창이다
당신이 그려준 수채화 속에서 난
빗방울과 함께 회색 기억을 털어낸다

신호등이 가늘어진 내 다리를 조롱하는 날엔
당신은 내게 스무 살 젊은이를 데려다준다
그는 입학시험 합격증을 쥐고 하늘로 뛰오른다
하늘에 엠파이어 스테이트 빌딩을 그린다

웃음이 식어가고 입꼬리가 비뚤어질 때면
당신은 날 아버지와 이별하던 그날로 데리고 간다

찢어지는 슬픔 앞에서 나의 무력감이 통곡을 한다
새살이 돋을 때까지 당신은 묵묵히 날 지켜봐 준다
마음이 넉넉해질 때까지 당신은 기다려 준다

어느새 반백을 훌쩍 넘긴 나는 오늘도
당신을 쓰다듬고 있다

이제는
멀어지는 당신의 미소가 오히려 고맙다
그런 당신의 지혜에 고개를 숙인다

살다

난 오남매의 셋째로 살았다
한국전쟁 직후 피난민촌에서 살았다
쌀팔 돈이 궁해 매일 수제비로 살았다
흰쌀밥 고깃국 먹으며 사는 게 소원이었다

관사에 사시던 담임선생님께서
코흘리개의 불확실한 미래를 사주셨다
키 작은 애송이의 움츠린 기를 살려 주셨다
장모님 모시고 두 아이 키우며 사시던 당신께선
밥상에 객식구 끌어들여 사서 고생을 하셨다

새 삶이 황송했던 열 살 꼬마는
오랫동안 숨겨온 꿈을 되살렸다
힘 잃었던 눈동자는 살아서 날뛰었다
한라산 설악산 눈길도 단숨에 뛰어올랐다
당신께서 가꾸어 오신 산맥을 한 바퀴 돌아
꼬마는 호감 살 만한 번듯한 청년이 되었다

고운 미소 나누며 살아오신 당신께선 정작

살면서 당신 몸엔 자비를 베풀지 못하셨다
베풀며 살아오신 삶을 마감하는 시간에도
제자가 살아갈 거친 세월만을 걱정하셨다
앞만 보고 바르게 살아라
욕심 버리고 나누며 살아라
따뜻하고 존경받는 의사로 살아라

남겨주신 당신의 체온 덕분에
난 아직까지 웃으며 산다
난 오늘도 가슴 펴고 산다

* 이 시는 『스토리문학』 2013년 봄호에 게재된 시 부문 신인상 당선
  작입니다.

보리밥

부엌에서 밥냄새가 나면
여섯 살 꼬마는 엄마에게 달려간다
오늘도 엄마의 밥주걱이 궁금하다

엄마는 주저 없이 주걱을 크게 뜬다
흰 쌀밥이다 기름기가 가득하다
꼬마는 군침을 삼키며 인정한다
우리 집에서 아버지는 이길 수 없어
그래도 다음 주걱은 포기할 수 없다

엄마의 주걱이 조금 망설인다
솥 바닥에 웅크린 보리를 약간 섞는다
그 정도는 괜찮다 이번에 나이기만 하면
엄마는 결심했다 누가 뭐래도 장남이다
꼬마는 섭섭한 마음을 달랜다
그래 다음엔 나겠지

엄마의 주걱이 과감해진다
쌀알이 보이지 않는다 크게 실망이다

엄마 제발 가득하게만 담아 주세요
그런데 이번에도 내가 아닌가 보다

괜찮아요 엄마
난 돌도 씹어 먹을 수 있는 걸요
보리밥 먹으면 방귀도 힘센 걸요

흑백이 공존하는 밥상에서
아버지께서 천장 보며 말씀하신다
난 쌀 반 보리 반이 제일 맛있는데

그믐달

밥상을 둘러싼 오남매 눈동자가 바쁘다
꽁치 몸통을 노리는 젓가락이 날쌔다
중년 부부는 안타까워 안절부절못한다
그저 허공에서 죄책감을 부딪칠 뿐이다

어스름 달빛이 삼십 촉 백열등을 위로한다
종일 숨 가쁘게 뛰고도 빈손이니 헛웃음이다
애들한테 쪼그라든 가슴을 들키지 않은 게
그나마 다행이다

다섯 애들 굶기지 않은 것만으로도 고맙다
빛바랜 옷이라도 입힐 수 있으니 고맙다
한 칸 방에서라도 코끝이 얼지 않으니 고맙다
저 잘났다 뻐기지 않는 애들이 고맙다

매일같이 보름달이 아니어도 괜찮다
초승달의 벅찬 감동이 아니어도 좋다
창 밖에서 지켜보는 저 그믐달이
고단한 우리에겐 설렌 기다림이니까

하루를 사는 게 버겁지만
내일 저녁 애들에게
꽁치 맘껏 먹일 수 있다면
그것으로 우린 더 이상
바랄 게 없다

처음

처음 만나는 세상이 궁금해
첫 숨을 길게 들이켰다
처음 하늘은 높게 맑았다
급히 첫 모금 젖을 찾았다

학교에 처음 가던 날
엄마가 처음으로 뒤를 따랐다
혼자서 달려 보긴 처음이었다
처음으로 구구단 외던 날
아버지 큰 웃음을 처음 보았다
처음 받은 장학금 봉투는
책이 준 첫 번째 칭찬이었다

시의 맑은 소리를 처음 들려준
그녀는 나의 첫사랑이었다
애인이자 친구로서 처음이었던
그녀는 내가 처음 본 천사였다
처음 약속 지키며 살던 우리는
처음으로 천국 선물을 받았다

첫 집을 장만하던 날
세상이 처음으로 좁아 보였다
회전의자에 처음 앉던 날
후배들이 처음으로 예뻐 보였다

환갑 지내고 첫해
처음 보는 얼굴들이 다 낯익다
낯익은 얼굴들이 다 처음 같다

패자의 꿈

오늘 난 졌다 최선을 다했지만 또 졌다
뭐 그리 속상해할 것 없다고 스스로를 다독인다
백 번 넘게 있었던 일들 중 하나일 뿐이니까
그래도 도저히 익숙해지지 않는다
이기려고 나간 시합에서 고개 숙이는 건
박수만 치고 괜찮은 척 웃는 건 너무 힘들다

중학교 삼학년 때 그의 눈매가 매서워지기 시작했다
그는 쉬는 시간마다 집에서 가져온 진한 물을 마셨다
굵은 허벅지가 성내며 날 가볍게 들어 올렸다
쓰러진 나를 내려보며 여린 마음을 조롱했다
함께 나눈 우리의 체온은 차츰 식어갔다

난 몇 번이고 눈물로 그에게 말했다
친구야 우린 지금 꼭두각시 놀이판에 서있는지 몰라
예쁘게 치장해달라고 누군가에게 애걸하고 있는지 몰라
친구야 위에 있는 사람이 언제나 행복하지 않을지 몰라

차라리 눈을 감자

카메라를 독점하는 그의 눈을 피하고 싶다
근육통 때문인지 이내 거만한 얼굴이 사라진다

언제나 외면하던 카메라가 내게 고개를 돌린다
슬그머니 다가온 그와 함께 날 투샷으로 잡는다
여덟 살 개구쟁이 둘이 모래판에서 재잘거린다
샅바를 움켜쥐고 당겨 넘어뜨리길 반복하면서
뭐가 그리 재미있는지 까르르 한 몸이 되어 구른다
짜고 하는 것처럼 승리를 공평하게 나누어 가진다
맞잡은 손을 통해 온몸에 우정이 고루 퍼진다

둘이 합쳐 하나면

우리는 모두
여섯 살에 국민학교에 들어갔다
흐르는 콧물을 가눌 수 없어
손수건 매달고 학교에 갔다
우리보다 똑똑한 애들은
눈에 띄지 않았다 그렇게 보였다
다 그렇고 그런 애들이었다

작은 키가 걱정이었다 하루가 급했다
키 자랑하며 컸다 우리는
자고 나면 달라지는 일 센티가
왜 그렇게도 소중하던지

악수도 제대로 못한 채 우린
느닷없이 헤어졌다
가다가다 만나서도 우린
못내 표정을 삼켰다

그러다가 문득 다시 만났다
예순에 우린 다시 만났다
코흘리개 태환이가
괜찮은 시인이 되었다고 으스댄다
어깨 자랑하던 종석이는
지금 피트니스센터 원장이다
고개도 못 들던 재석이는
이제 주식 컨설턴트란다

태환이가 화장실에 다녀오더니
너 내 휴대폰 못 봤니
종석이 놈이 두리번거리다가
다리가 왜 이리 휘청거려 젠장
재석이가 휴대폰에 큰 소리로
나도 몰라 네 맘대로 해

화내지 마 애들아
똘똘한 척 하지 마 이놈들아
둘이 합쳐 하나만 돼도 이제
우리한텐 그게 축복이지 않겠니

오랜 친구

공원을 걷다가 인적이 뜸하길래
어릴 적 생각이 나 힘껏 달려 본다

예전보다 숨소리가 한 옥타브 높다
맥박이 다급하게 성을 낸다
턱에 찬 호흡이 겨우 고개를 넘는다
종아리가 하늘을 차며 까불다가
이내 돌부리에 걸려 넘어지고 만다

누가 볼까 서둘러 정자로 숨는다
어이가 없어 뒤집어져 웃고 만다
그리고는 나 몰라라
느티나무 부채질에 잠을 청한다

태양과 구름에 숨이 닳았나 보다
비바람과 눈보라에 무릎 연골이 닳았나 보다

주책없는 용기 때문에 요즘도 난
깜박이는 신호등과 경쟁을 한다

닳고 닳은 자만이 아직도 우긴다
십 년만 더 달리자고 떼를 쓴다

친구야 나도 힘들어
가슴이 터질 것 같아 이젠
어깨동무하고 천천히 가자
우린 오랜 친구잖아

진짜 의사

오늘도 난
욕심쟁이 네게 이끌려 거울 앞에 선다
흰색 와이셔츠에 줄무늬 넥타이 그리고 반짝 구두를 강
요당한다
목 조이고 발 붓는 내 고통 따윈 관심 없나 보다

오늘도 난
허풍쟁이 네게 이끌려 액세서리를 고른다
신분증 매달고 청진기에 펜 라이트 그리고 수첩 하나 챙
긴다
진짜 주인의 외침 따윈 신경 쓰지 않나 보다

오늘도 난
걸을 줄 모르는 네게 이끌려 병실 복도를 걷는다
환자는 아픔 모르는 너를 목 빠지게 기다린다
네 품속 내 근심 따윈 안중에 없나 보다

오늘도 난
들을 줄 모르는 네게 이끌려 진료 의자에 앉는다

환자는 차가운 네 손 만지며 따뜻하다 말한다
네 품속 내 고민 따원 맘에 두지 않나 보다

오늘도 난
무지한 네게 이끌려 강단에 선다
학생은 너의 몽블랑 만년필을 존경한다
밤새 준비한 내 지식 따원 탐나지 않나 보다

오늘도 난
차가운 네게 이끌려 수술실에 간다
기계에 숨을 맡긴 환자는 너의 자비만 기다린다
오랫동안 연마한 내 기술 따원 하찮은가 보다

오늘도 난
너의 품에 안기어 환자를 힘껏 안는다
넌 세균의 질투도 바이러스의 공격도 대신 받아준다
잠 못 자고 마음 졸이는 내가 안돼 보이나 보다

오늘도 난

너의 자비에 기대어 환자의 손을 잡는다
언제나 나를 품어주는 순백의 너, 의사 가운이여
그래 네가 진짜 의사 선생님이다

연꽃

꽃무늬 작은 배낭이 소녀의 등에 매달려 있다
배낭을 업은 소녀가 나무 펜스에 매달려 있다
소리 없이 웃는 소녀는 한 곳에 눈을 빼앗긴다
볼 빨개진 소녀는 안타까운 까치발을 한다

공원 연못에서 자색 연꽃이 유혹한다
소녀는 숨죽여 손을 뻗어 다가간다
소녀는 금세 연꽃이 된다

볶음 짬뽕

호박 양파 당근 버섯 양배추
대파 가득 콩기름에
홍합 오징어 돼지고기 듬뿍
마늘 소금 생강 고춧가루 더해
굵은 면과 푹 끓이고 볶아내면
꾸덕꾸덕 맛있는 볶음 짬뽕

섞여 있어도 도드라진 맛은
김연아의 피겨 스케이팅입니다
어울려서 격이 높아진 맛은
BTS의 다이너마이트고요

오랜만에 볶음 짬뽕을 마주하니
가슴이 벅차오릅니다
고등학교 다닐 적 친구였던
나팔바지를 입은 것 같습니다

친구들과 밤새 즐기던
디스코 음악이 귓전을 울립니다

해 넘는 한강변에 울려 퍼지는
색소폰 소리가 저를 유혹합니다

오늘은 잠시
다이어트를 잊으렵니다
기꺼이
볶음 짬뽕의 유혹에 몸을 맡기렵니다

부아가 납니다

뒤뚱 휘청 흔들립니다
이게 누구 걸음입니까
기계체조 다람쥐 뜀박질은
머나먼 옛날입니까

서두르는 파란 신호등이
오늘따라 왠지 섭섭합니다
빠르게 가늘어지는 종아리가
잔인하다 눈을 흘깁니다
충혼산 참호 속 서툰 노래가
추억 속에서 안타깝습니다

혼자 바쁜 나그네 걸음이
애먼 옆구리를 스칩니다
멀어지는 추억을 조롱합니다
힘을 잃은 젊음이 한숨짓습니다

공들인 조바심이 아깝습니다
날아가 버릴까 걱정입니다

너무 아쉬워 한줌 부여잡습니다

지금 이 순간
무엇보다 제일 슬픈 건
말없이 지켜보는 세월입니다

정말 부아가 납니다

위로의 방법

사는 게 뭔지
이렇게 사는 게 옳은지
지금 잘 살고는 있는 건지
몸서리치며 그녀가 묻는다

지난 십수 년 동안 그녀는
누구에게나 복덩이 순둥이였다
촌구석 층층시하도 상관없었다
꿈이 있으니 고쟁이 바지도 괜찮았다
책을 접고 부엌데기가 되었다
서러움을 혼자서 꾹꾹 눌렀다
내일 해는 뜨거울 거라 믿었다

그런데 태양이 흐려졌다
그러면 안 되는데 빛을 잃었다
이젠 더 이상 견딜 힘이 없다
다리 힘이 풀린다 눈도 감긴다
천륜의 굴레마저 거추장스러워진다

시어머니 기침이 조심스럽다
옆집 할매가 담배를 놓고 간다
어린 조카는 들꽃을 들고 운다
문틈으로 시동생이 한숨짓는다
부모님은 제가 모실게요 형수님
눈 감고도 다 보인다 다 들린다

할머니가 손수 초란을 내미신다
할머니는 어떻게 아셨을까
눈물샘이 이제 다 말라버린 걸
그걸 어떻게 아셨을까

할머니 전 정말로
할머니 품 밖에 어디
숨을 곳이 없습니다

흐릿한 화면 속에서
전원일기 엔딩 음악이 흐른다

결혼반지

오랜만의 여행에 들뜬 맘으로
옷장을 헤집으며 가방을 꾸렸지
그때 낯선 실루엣이 내게 다가왔어
어렴풋이 널 기억하고 멈칫하다
떨리는 손으로 네 얼굴을 쓰다듬었지

어느새 난 사십 년 전 젊은이가 되어 있었어
웨딩마치 카펫 위를 또박또박 걷고 있었지
생소하고 서툴렀던 그때 내 걸음은
너의 동행 덕분에 자신감으로 가득 찼었지

넌 어차피 나와 헤어질 수 없는 운명이었나 보다
내가 보리밥으로 끼니를 이어 왔듯이
넌 14K라는 이름으로 옆길 삶을 살아 왔구나
따돌림으로 우는 너를 내가 못 잊었던 것처럼
서러움을 참아온 나를 네가 애닮아 했구나

수십 년 떠돌던 욕심을 잠재우며 넌
나의 왼손을 사정없이 잡아끌었지

굵어진 손마디를 가까스로 지나
넌 한숨을 내쉬며 엉덩이를 들이밀었지
더 이상 헤어지지 말자고
그게 우리의 사십 년 전 약속이라고
넌 나를 일깨워 주었지

황금이 아니어도 황금빛인 너
황금이 아니어서 목숨을 부지해온 너
황금이 무언지 내게 가르쳐준 너
14K 실가락지 나의 결혼반지
넌 나의 영원한 동반자구나

장미꽃을 좋아하는 당신

봄 손님이 채 도착하기도 전에 당신은 어김없이 우릴 찾아왔지 요란하게 문을 두드리며 장미꽃을 내놓으라 날 협박했지 그 많은 꽃들 중에 유독 장미꽃을 콕 찍어 내놓으라 했지 유채꽃과 동백꽃이 이제 겨우 남해안을 넘고 있는데 다른 꽃은 싫다며 장미꽃만 찾았지

그것도 모자라 꽃송이 수를 헤아리며 방문한 횟수와 같은지 확인까지 했지 당신은 미국으로 피신한 날 쫓아와 장미꽃 열 송이를 요구하기도 했지 그때 기말시험 감독관보다 더 매서운 당신의 눈매를 보면서 난 장미꽃을 향한 당신의 편애에 두 손을 들고 말았지 어렵사리 장미꽃을 구해 당신에게 바친 후 마침내 난 당신과 친구가 되었지

당신이 없었다면 난 일 년 내내 꽃집에 갈 일이 없었겠지 겨울 내내 움츠렸던 기분을 바꾸고 싶을 때 당신은 어김없이 꽃향기로 온 집안을 채워 주었지 당신이 오면 우린 넉넉한 마음으로 다시 향초를 켰지

당신이 없었다면 난 졸필이 부끄러워 손편지를 쓸 수 없었겠지 마음을 들키는 게 쑥스러워 망설이는 나에게 당신은 흰 종이와 볼펜을 건네며 등 두드려 주었지 손편지를 받으면 아내는 고이 접어 지갑에 넣어 두었지

당신이 없었다면 난 아내의 놀란 토끼눈을 볼 수 없었겠
지 당신이 찾아와 아내에게 꽃바구니를 안기면 아내는
설레는 마음으로 숨은 편지부터 찾았지 그 속에서 수십
년 전 우리의 약속을 확인하곤 했지

  당신이 없었다면 난 아내의 그림엽서를 받을 수 없었
겠지 낯간지러워 여보 소리도 못 하는 아내가 당신이 오
면 용기를 내어 짧은 편지를 썼지 우린 오랜만에 한강변
을 걸으며 석양을 맞이했지

마흔 번이나 잊지 않고 우릴 찾아준 당신, 3월의 그 특
별한 날

  올해도 어김없이 대문을 두드리는 당신을 맞으며 우
린 볼 넓은 글라스에 와인을 따라 결혼기념일을 축하한
다 사진 속 신혼부부는 유채꽃 세상이 된 제주 해변을
나란히 걷고 있다 태종대에 오르며 동백꽃의 매력에 깊
숙이 빠져들고 있다

* 이 시는 동인지 『황포돛배 비망록』(문학공원, 2023)에 게재된 작품
  입니다.

아내의 꿈

새벽녘 별빛이 창문을 넘는다
불면증이 한눈을 판 사이에 겨우 얻은
오랜만의 꿀잠을 깨운다

아내 얼굴은 옆에서 느긋하다
까짓것 상관없다는 듯
넉넉하게 코를 곤다
야속하게 돌아눕기까지 한다

그녀는 지금 비둘기 얼굴이다
파프리카 가격표에 망설이며
엊저녁 마트에서 짓던 표정이 아니다
아마도 지금쯤 장미뜰을 날고 있으리라
허리가 조금 굵은 걸 빼면
사십 년 전에 처음 본 그녀 모습이다
목이 길고 미소가 예뻤던 바로 그녀다

그녀는 뭔가에 씌어 단숨에
어수룩한 청년을 좋아했다

이른 봄에 그녀는 새신부가 되었다
꿈을 포기하기 힘든 나이에
그녀는 엄마가 되었다
며느리 자리도 힘들었을 텐데
무슨 배짱으로 그랬는지
난 지금도 그게 정말 궁금하다

그녀는 진정 그때
까다로운 소년의 체온을
눈치채지 못했단 말인가
그녀의 여린 어깨는
구름 속을 헤매던 소년의 꿈을
어찌 감당하려 했단 말인가

소년은 지금
아내가 소중하게 아끼던 꿈을
깨뜨리지 않고 지키는 것으로
부끄러운 용서를 빌 수밖에 없다

내 손이 필요한가요

스무 살 눈망울이
샛별보다 맑았던 그대
가늘게 여린 허리가
대나무보다 곧았던 그대
어둠 속 판단이
등대보다 밝았던 그대
팽팽한 피부가
달빛보다 부드러웠던 그대

향수의 유혹을
아침 꿈과 바꾼 그대
하이힐 구두를
운동화 걸음과 바꾼 그대
동화 속 왕자 꿈을
서툰 미래와 바꾼 그대
제주해변 사랑을
노부부 체온과 바꾼 그대

이제 그대에게
휴식이 필요한가요
작은 내 손이 필요한가요

주인과 손님 사이

갓 서른부터 난 이곳에서 살았다
매일매일 이 건물 안에서 땀을 흘렸다
서른 해 넘도록 여기서 꿈을 키웠다
이곳에선 내가 주인이란 걸
추호도 의심하지 않았다

검은 커튼이 걷히기도 전에 난 넥타이를 맸다
발아래 아이의 키가 한 뼘 더 자란 것 같았다
안된 것, 애비 얼굴도 모르고 혼자 크고 있구나
난 그저 아이의 잠을 뺏을까 까치발을 할 뿐이었다
태양이 오늘따라 서두를까 봐
하릴없는 눈물 괜히 들킬까 봐 난
서둘러 올림픽대로를 달렸다

날이 밝기 전에 도착했다 다행이다
정문 앞에 비닐이 날렸다 달려가 주웠다
모닝 커피는 양보할 수 없었다 그게 내 행복이었으니까
곧장 마당으로 달려갔다 어젯밤 때를 씻어냈다
손님 오시기 전에 매무새를 다듬어야 했다

깔끔한 집이랑 예쁜 꽃병을 보여야 했다
난 누가 뭐래도 이 집 주인이니까

나뭇가지 사이로 바람이 불었다
익숙한 달빛이 지친 날 위로했다
근육통이 몰려왔다 그래도
젊음이 통증을 가라앉힐 거라 믿었다
깊은 밤 올림픽대로에는 전조등 불빛이 바빴다
제발 오늘은
내 아이 웃음소리를 들을 수 있었으면 했다

예순다섯이 되어서야 난 웃으며
남은 꿈을 모두 상자에 담을 수 있었다
닳고 닳은 빗자루를 드디어 놓을 수 있었다
내일은 아홉 시까지 자고 말 테다
내일 오는 손님에겐 눈도 안 맞춰 줄 테다
내일 아침 뒹구는 낙엽에겐 맘껏 자유를 줄 테다

해가 기운 오후 나른한 정원으로

누가 날 데려왔다 뭔가 할 말이 있었나 보다
오랜만에 다시 앉은 벤치다 여유로운 게 오히려 낯설다
내가 빗자루를 들지 않았는데도 주변이 말끔하다
휴지 하나 날지 않는다 왠지 그게 못내 섭섭하다
새로 지은 주차장이 예쁘다 새 얼굴에 가득한 꿈이 대견
하다

나는 손님일까 주인일까
손님인 듯 주인일까 주인인 듯 손님일까
손님이기도 하고 주인이기도 한 걸까
그것도 아니면
주인은 아닌데 손님 행세도 못 하는 걸까

참 헷갈린다

검버섯을 보내며

눈을 감고 모로 누워 그저
레이저의 처분만을 기다린다
애들 장난감총 소리가 따갑다
그래도 아내의 잔소리보다는 덜 아프다
훈련소 가스실도 거뜬히 통과한 난데
이 정도 고통쯤이야 고사리손 안마다

진한 냄새가 양 볼을 찌른다
내 살 타는 냄새가 분명하다
남의 살 타는 냄새에는 무심하던 내가
이 냄새를 이토록 역겨워 하다니

오랜 세월 쌓인 설움이 얼마나 두껍길래
레이저 총소리가 이렇게 바쁘단 말인가
환갑을 넘긴 욕심이 얼마나 단단하길래
까맣게 타고 나서야 겨우 백기를 든단 말인가

못된 친구와의 동행이 불편할지라도
이별은 본디 섭섭하게 마련인가 보다

오랜 우정이 떠난 자리를 차마 볼 수가 없다
제멋대로 남긴 눈물 자국이 오히려 위로가 된다

레이저에 쫓겨난 검버섯 아래에는
스무 살 팽팽한 속살이 숨어 있을까
아프게 태워버린 욕심 너머에는
여섯 살 아이 마음이 남아 있을까
참회를 가르쳐준 저승꽃 연기 속에는
마지막 하얀 희망이 자라고 있을까

임플란트

얼마 전 수십 년 지기 친구를 보냈다
오롯이 내 잘못으로 허망하게 떠나보냈다
쌓인 추억을 한 번쯤 쓰다듬어 주지도 못하고
그렇게 보내고는 차라리 시원하다 했다

손톱만큼 남은 죄의식마저 무뎌진다
그가 남긴 체온이 채 식기도 전에
내 가슴속이 먼저 식어간다
추억이 바래기도 전에
빈자리가 벌써 허전하다
잠깐만 절룩이며 살아도 좋으련만
빨리 서고 싶고 벌써 뛰고 싶다

아버지의 성근 이를 사랑한 시골뜨기가
소갈비의 질긴 고소함에 침을 삼킨다
어머니의 새는 말에 익숙한 촌놈이
말 한마디 지키려고 입술을 오므린다

지금은 세상이 달라졌잖아

똑똑한 친구들이 얼마나 많은데
이제 새 친구를 맞아야겠다
세련된 친구와 새 추억을 쌓아야겠다

마취 주사는 환영 인사다
바쁜 쇳소리에 기대가 짜릿하다
기계음이 돌다가 살짝 긴장한다
새 친구 발걸음이 멈칫 주저하나 보다
애타게 기다리다가 두드려 안심시킨다
얼굴도 모르는 친구에게 고개를 숙인다

손을 잡아주고 팔짱을 껴주니
이젠 정말 포근하다 했다
느린 걸음에 발을 맞추어 주니
이젠 비틀거리지 않는다 했다
무엇보다 내 죄를 묻지 않으니
이젠 마음이 새털 같다 했다

새 친구와 함께 걸을 한강변이
벌써부터 맛있게 벅차다

헛심

초여름 아침길
잠이 마르기도 전에
겨드랑이를 바쁘게 덥힌다
이마에서 굵은 땀이 흐른다
뛰는 가슴이 이내 숨차다

누가 쫓아와 흘깃 보더니
죄송합니다 한다
오랜 친구가 틀림없는데
난 너 모른다 한다

아카시아 향기가
코를 유혹한다 생뚱맞게
그러다가 망막을 스쳐간다
여의대로에선
자동차 꼬리가 바쁘다

공원 끄트머리
작은 연못을 지나다가

자색 연꽃 비웃는 소리에
고개를 돌린다
뭐 그리 급하냐고
외로 꼬며 중얼댄다

흙의 노래

큰 바위로 태어나 영겁(永劫)을 꿈꾸었다
수천 년 동안 곁눈질 한 번 없이 웃음을 아껴왔다
누구에게 잘 보이려 고개 숙인 적도 없었다
불의를 만나 한 발짝 물러선 적도 없었다

고요는 본디 깨지는 게 운명이었던가
자신만만하던 고상함이 한눈을 파는 사이
살랑 바람이 교만의 옷고름을 풀어 버렸다
마침내 본색을 드러낸 미소년의 유혹이
가슴속 깊이 품고 있던 미숙한 잔인함으로
하얀 가슴에 한가득 폭풍우를 퍼부었다

한 방울 스며들 만한 틈을 찾은 건실한 청년은
쌓인 설움 무어냐 물으며 음흉하게 시간을 쪼갰다
조각난 가슴에선 한 움큼 눈물이 흘러내렸다
오래 쌓은 추억을 홀로 되씹으며 목이 메었다
지나온 시간의 갓길에 아무도 없음이 부끄러워
겹겹이 쌓인 회색 기억의 때를 피나도록 밀고 또 밀었다
통증은 견딜 만한데 부끄럽기 짝이 없었다
부서져라 깨져라 제발 다 없어져라

사는 게 귀찮다는 나그네가 동병상련으로 날 걷어차 버
렸다
어깨 늘어뜨린 건너편 친구는 반쯤 깨진 날 받아서
아들 앞세운 슬픔을 감당하기 힘들다고 짓이기고 갔다
차라리 후련하다 깨지고 부서져 날아가 버려라

느티나무 어르신이 그마저 허락하지 않았다
억센 뿌리 아래에 날 가두고 소리를 가르쳤다
목이 트일 때까지 놓아주지 않았다
흙의 노래를 따라 하기에 수천 년 세월은
한 시간 강습에 불과한가 보다

고통을 잘게 부수어 겪어온 덕에
난 요즘 판소리를 제법 구수하게 열창한다
밟혀가며 들어온 나그네 푸념 덕에
기쁨과 슬픔의 눈물을 구별해서 흘릴 수 있다
고지식한 성격을 갈아내며 견뎌온 아픔 덕에
봄과 가을 바람을 자신 있게 구분할 수 있다

거목 뿌리에 갇혀 단련한 오백 년 솜씨로
요즘 난
빨강 노랑 파랑을 마음대로 섞어서
철 따라 나만의 수채화를 노래하며 산다

둘

살아가는 재미

이 세상은 꽤 괜찮은 춤판이다
장단이 있고 동료 춤꾼이 있다
박수 쳐 주는 관객도 가득하다

그럼 이제
신명나는 춤판에서 실컷 놀아 볼까나

네가 왜 거기서 나와

계산해 드릴까요?
이 카드로 해주세요
아, 이건 좀……
아차, 어르신 카드!

체중계

이리 오너라
굵은 목소리가 들린다
익숙하게 날 불러 세운다
나 몰라라 할 수 없는 네가
오늘따라 정말 얄밉구나

맛있는 잠에서 갓 깬 얼굴에 대고
눈 부릅뜨고 다그치면 난 어쩌라고
스물여덟 이십팔 인치 허리
어디다 버렸냐고 따지면 난 어쩌라고
나이만큼 불어버린 뱃살 그게
욕심이잖냐고 우기면 난 또 어쩌라고

웃으면서 숨만 쉬고 살았을 뿐인데
아랫배 스스로 고개 숙이더라
달리다가 고단해 걸었을 뿐인데
두 다리 제 맘대로 힘을 빼더라

부끄러운 몸뚱어리 모두 다 지켜본 벗이여

쪼그려 흘리는 내 눈물을 떠벌리지 말아라
태어나 한 번도 거짓을 말한 적 없는 벗이여
우정 거스르는 네 진실을 자랑하지 말아라

그래 내일은
묵은 때 박박 밀고 네 가슴에 안길게

돋보기 안경1

파스타가 땡긴다
통밀 국수는 괜찮겠지
저염 소스라면 괜찮겠지

파스타에는 역시
토마토 소스
요즘엔 마트에서
손쉽게 구할 수 있지
문제는 설탕과 소금
어디 보자 요놈은 괜찮은지

설명이 어딨지 눈을 비빈다
있긴 한 거야 손을 멀리 뻗는다
이게 그건가 실눈을 뜬다
뭐라는 거야 이마를 찡그린다

아차, 돋보기 안경!

돋보기 안경2

새벽별이
안타까운 잠을 깨운다
밤새 숨어있던 하품이
이제야 한껏 심호흡을 한다
검지 손가락은 서둘러
스마트폰 불빛을 밝힌다

튀르키예 지진 소식에
화면이 뜨겁다
눈을 부릅뜬다
글자가 막춤을 춘다
두 손으로 눈을 비빈다
아직도 글자가 볼 부어 있다

손이 멀어진다
실눈을 뜬다
이마 주름이 깊어진다
글자는 끝내 내 눈을 조롱한다

에이 C, 돋보기 안경!

술 취한 단풍(丹楓)

설악산에서 출발한 주당(酒黨) 행렬이
어느새 보은 속리산 말티재를 넘는다
술기운 바짝 오른 얼굴로 세월아 네월아 넘는다
한껏 허리 굽힌 채 꼬부랑 고개를 넘는다
머리 풀고 휘젓는 모양이 가히 넋 잃을 만하다

심한 황달로 주당임이 탄로 난 은행나무는
지난 여름 삿뽀로 비어가든에서 밤새 쌓은 추억을
어쩔 수 없이 수줍게 실토하고 만다
맥주 향한 무한 사랑을 들킨 은행나무는
소문 잠재우려 샛노란 얼굴을 씻고 또 씻는다

어깨동무 단풍나무 떼거리가 시끄럽게 오른다
유리잔에 담긴 와인 색깔 얼굴로 언덕을 오른다
캘리포니아 서늘바람에 악문 땀구멍을 위로하던
나파밸리 와인의 새콤 상쾌한 미소 떠올리며
붉게 벅찬 행복을 이제야 대놓고 털어놓는다

느티나무 관광객들이 길을 따라 오른다

막내딸처럼 아끼던 술병을 저마다 흔들어 댄다
위스키 폭탄주 마시며 말술 주량을 자랑한다
원색의 블라우스와 실크 스카프를 흩날린다
여름 내내 애써 모은 돈을 아낌없이 뿌린다

발자국 소리에 놀란 갈참나무 노인은
깊게 파인 주름 감추려 얼굴을 돌린다
손에 꼭 쥔 얼룩 외투를 등 뒤로 감춘다
가슴 깊이 간직해온 짝사랑이 부끄러워
막걸리 한 잔으로 질긴 미련을 달랜다

* 이 시는 동인지 『황포돛배 비망록』(문학공원, 2023)에 게재된 작품
  입니다.

야누스의 두 얼굴

창백한 얼굴의 넌 괴력의 소유자다
서늘바람과 겨루던 세 겹 어깨를 꺾어 버린다
자갈밭에서 단련한 무쇠 종아리도 무너뜨린다
스텔스 능력으로 넌 바다마저 정복한다
소라 전복 멸치 오징어 고등어 방어 돌고래까지
너의 자비를 좇아 입 벌리고 목숨을 구걸한다

네 품에 안기면 수천 년 동안
고운 미소를 만날 수 있다
너를 품으면 산꼭대기에서도
바다 향기를 즐길 수 있다

생일상에 네가 없으면 웃을 수 없다
미역국도 껄끄러워 목을 넘지 못한다
너의 노래 없인 식탁이 쓸쓸하다
파워 워킹 후에 그리운 건 오직 너뿐이다
네 눈길이 없으면 난 주저앉고 만다
네 손길이 없으면 난 네 이름만 부른다

오늘 네 입꼬리는 생소하다
오매불망 내 사랑이 버거워 보인다
내 스토킹을 피해 혼자이고 싶어 한다
심장을 위협해 날 떼어놓으려 한다
야누스의 반대편 얼굴이다

몰인정한 너, 소금은 혼잣말을 한다
거름이 모자라면 가지 뻗지 못하지만
웃자란 가지에선 열매 맺지 못한다

엄마 왜

엄마
봄이 왔네요

겨우내 오그라든 가슴속에
개나리가 꽃을 피웠네요
그런데 올해는 좀 시끄럽네요
산수유 매화 그리고 배꽃
모두 같이 왔네요

엄마
우리 그랬잖아요
수십 년 넘게 그랬잖아요
까짓것 뭐 하고 지냈잖아요

엄마 올해는
봄이 좀 차분했으면 했어요
슬그머니 왔으면 했어요
그런데 그놈이 잘난 척 하네요
맘대로 내 속을 흔들어 대네요

언제부터 곁을 줬다고
헛웃음으로 날 위로하려 드네요

엄마 오늘 난
왜 이리 속이 답답하대요
엄마 난 오늘
왜 이리도 아프대요

봄이 그리는 수채화

갓 오른 태양이 온화하다
한강변 산책길은 벌써 나른하다

욕심이 버거운 버드나무가
연녹색 꿈을 하늘에 뿌린다
겨우 내내 숨죽이던 민들레는
샛노란 붓질을 자랑한다
청보리밭 가득한 청춘이
다투어 여백을 채운다
마지막 이슬방울은 바짓단을 좇아
따끈한 녹차 한 잔을 부른다

저 멀리서 르누아르가
흐뭇하게 미소 짓고 있다
열여덟 소년은 이제서야
뜨거운 숨을 길게 내뿜는다

선풍기

돈다 돈다
돌고 또 돈다
누구든 덤벼라 돈다
다 쓸어버리겠다 돈다

돈다 돈다
돌고 또 돈다
숨차서 죽겠다 돈다
살아서 뭐하냐고 돈다

돈다 돈다
돌고 또 돈다
그래도 살자고 돈다
부둥켜 춤추자고 돈다

돈다 돈다
돌고 또 돈다
이제는 못 참겠다 돈다
이러다 돌아버리겠다 돈다

봄비와 청보리

연한 녹색 가슴에 비가 내린다
라일락의 합창을 시샘한다
주먹 망치가 차츰 힘을 잃더니
가슴에 파묻혀 볼을 비빈다
그러다가 끝내
울음을 삼키며 눈물을 흘린다

한 뼘 청보리가
지켜보며 위로한다
끓는 설움을 받아 삼킨다
종아리 근육에 힘을 준다
두 눈 부릅뜨고 고개를 쳐든다

내일부터
거만한 태양과 맞서 싸울
굳은 결심을 한다

호수의 속셈

잠을 자던 호수는
돌멩이의 느닷없는 공격에
놀라서 깨어나 주위를 살핀다
묵묵히 맴돌며 아픔을 달랜다

넓고 깊은 호수는
매 맞고도 절대 싸우지 않는다
감싸 안고서 화해를 기다린다

고통을 품은 호수는
돌멩이가 크다 대들지 않는다
더 깊이 안아서 화를 달래준다
돌멩이가 많다 따지지 않는다
활짝 가슴으로 떼를 받아준다

화해를 바라는 호수는
돌멩이의 화가 풀려 스스로
후회하며 눈물 흘릴 때까지
끝없이 다독이며 젖을 먹인다

무심한 비

느닷없이 창문이 시끄럽다
심술궂은 비가 창을 때린다
닦아 놓은 골프채가 아깝다
에이, 그냥 이불을 뒤집어쓴다

창문을 두드리는 저 비는
그 비가 아니던가
긴 가뭄 이모네 논에 물 대주던
그 비가 아니던가
한여름 눅눅한 땀을 씻어주던
그 비가 아니던가
눈물 젖은 이별을 다독이던
그 비가 아니던가
할 말 잃은 우정을 응원하던
그 비가 아니던가

비가 창문을 두드린다
창밖 모과나무 잎을 두드린다
내가 누군지 모르겠다 두드린다

네가 누구냐고 두드린다

네 맘대로구나 이놈아
넌 참 좋겠다

장맛비

비가 온다 쏟아진다
앞이 보이지 않는다
그만 와도 좋겠건만
사정없이 퍼붓는다

신발을 적신다
양말을 넘는다
발가락이 간지럽다
까짓것
종아리마저 내놓는다

휘릭 바람이
어깨를 내놓으란다
휘청 우산이
안경을 어지럽힌다
흐린 신호등에
운동화가 미끄럽다
무거운 엉덩이에
가는 다리 바쁘다

성내지 말자
아직은 지치지 말자

진상 장마가
제풀에 쓰러져도
화병 걸린 태양이 곧
뒷산을 넘을 테니까

오늘 부는 바람은

겨드랑이를 쓰다듬던 공기가
끈끈하게 코끝을 막는다
타던 해도 바삐 서산을 넘는데
아직도 거기가 제자리라 우긴다
한 줄기 바람이 휘리릭 스친 후에야
겨우 무거운 엉덩이를 든다

막힌 코가 뚫린다
이제야 기죽었던 고개를 든다
비틀대던 꿈이 가슴을 편다
먹구름 하늘에 빈주먹을 날린다

악취 씻는 바람이 반갑다
흐르는 세월이 차라리 고맙다
빈 가슴 유혹하는 엷은 구름에
왠지 설레 어색하게 웃는다

오늘 부는 바람은 참
시원하게 후련하다

얼음

몰려온 북극 한파에
성탄절 거리가 얼어붙는다
당신의 넉넉한 가슴이 식으면
내 슬픔은 누가 녹여줄까

흔들리는 불빛 유혹에
길 잃은 영혼이 얼어붙는다
당신의 따뜻한 위로가 식으면
내 마음은 누가 풀어줄까

감당하기 힘든 아픔에
다가오던 눈길이 얼어붙는다
당신의 포근한 기다림이 식으면
내 상처는 누가 달래줄까

엉덩이 무게

실개천이
모래톱을 가르고 있다

뛰어넘을까
안 돼 네 나이가 몇인데
열 살 난 기계체조 선수였는데
잘 생각해 그게 언젠데
구름발이면 안 될까
그게 지금도 될까
힘껏 뛰어보지 뭐
좋아 그러면 한번 뛰어 봐

멀리서 달린다
하늘 향해 힘껏 솟는다
팔다리를 휘젓는다
그런데 몸뚱어리 무겁다
엉덩이가 철썩 차갑다

이 놈아

이 못난 놈아
이 고얀 놈아
이 한심한 놈아
이 맥없는 놈아
이 쓸데없는 놈아
이 덜떨어진 놈아
이 싸가지 없는 놈아

이 나쁜 놈아
이 몹쓸 놈아
이 망할 놈아
이 썩어질 놈아
이 우라질 놈아
이 쓰레기 같은 놈아
이 거시기 같은 놈아

어휴
이제 좀 후련하냐 이 놈아

불신

갱엿 빛 찡그린 얼굴이 섬뜩하다
건들 걸음은 누가 봐도 불한당이다
오솔길을 따르는 기침에 소름이 돋는다
진땀에 쫓겨 나 살려라 달린다
등짝에 온통 서리가 내린다

기침 소리가 오히려 가까워진다
할 수 없이 움츠린 고개를 돌린다
형님 저 순득이예요 모르시겠어요
아이쿠 너였구나 이게 몇 년 만이냐
오그라든 가슴을 쓸어내린다
나의 어설픈 불신을 용서할 수 없다

검은 피부가 왜 그리 다정한지
힘찬 걸음이 왜 그리 믿음직한지
어깨는 왜 그리 기대기에 편안한지
어스름 달빛이 안타깝게 아쉽다
함께 걷는 겨울 길에 진달래가 핀다

국민학교 오학년 때 할아버지께서
별빛 아래 툇마루에서 가르쳐주신
붕우유신(朋友有信) 네 글자가 떠오른다
친구를 믿으니 겨울밤이 달구나
호수가 깊으니 물결이 잔잔쿠나

서사(敍事)

뭐더라
서서 서러워 뭐던가
살자 살까 사르르 뭐던가

서서 살자
서서 살까 살자
서서 살까 서러워 살자
서서 살까 사르르 살자
서서 살까 서러워 사르르 살자

서서 살자
서서 사르르 살자
서서 사르르 살까 살자
서서 사르르 서러워 살자
서서 사르르 살까 서러워 살자

서서 살자
서서 서러워 살자
서서 서러워 살까 살자

서서 서러워 사르르 살자
서서 서러워 살까 사르르 살자

살자
서서 살자
살까 살자
사르르 살자
서러워 살자

아하,
　서　　서　　　　사　　사
서　　서서　　　사　　　사사
　서　　서　　　　사　　사

서-사-로-살-자

환생

찬바람이 어느새
두 손을 조아린다
긴 겨울을 견뎌낸 보리순은
스스로 인내심이 기껍다
저항하던 이슬방울이 마침내
고개를 떨구고 만다

사춘기를 뛰노는 아이의
팔뚝 근육이 용감하다
누구든 덤벼 보라 대든다
반백을 넘겨버린 나그네는
지나온 길을 되돌아 걷는다
떠나간 우정이 새삼 아프다

새봄이 되면 아이는
시끄럽게 꽃을 피우겠지
그때 아이는 눈치챌 수 있을까
겨울에 내린 눈이 바로 매화인 것을

뛰노는 재미

놀다 보면 어깨가 들썩거린다
손과 발은 하늘로 향한다

엉덩이 덩달아 가볍다
떼창 소리 절로 드높다

누가 뭐래도
가슴이 제일 뜨겁다

아픈 기억

끓는 물이
식지 않으면
몸뚱어리를 잃고

굳은 얼음이
녹지 않으면
시간을 잃는다

아픈 기억이
사라지지 않으면
난 무얼 잃을까

재회

어렵던 시절
시골에서 태어난 나에게
당신은 정말로 시시했어

그런데 시간이
슬그머니 내 손을 잡아끌었어
단단히 굳은 욕심을 비웃으며
당신의 미소와 날 마주 세웠어
그리고는 외면했던 시시비비를
끝내 가리고야 말았어

당신은 보란 듯이
낯선 얼굴을 내게 들이댔어
부드러운 미소와 포근한 숨결
난 도저히 숨을 쉴 수가 없었어
품에 안긴 듯 설레었었어
그건 아까운 꿈이었어

당신은 태권도 도복을 입고

돌려차기 한 방을 내게 날렸어
불의의 공격에 난 휘청했어
그런데도 후련한 건 왜일까
당신의 돌려차기는 매력이었어

당신은 앞치마를 두른 채
접시를 받쳐들고 내게 다가왔어
구수한 냄새가 코를 팔랑였어
난 당신의 딴청에 손을 들었어
당신의 기술을 인정해
당신은 서너 수 앞을 보는 고수야

환갑을 넘긴 난 지금
시시하다 무시하던 당신
시(詩)에게 용서를 빌고 싶어
능력과 유머로 충만한 당신의
너그러운 품에 안기고 싶어

이제부터 난 당신과 함께
끝 모를 여정을 다시
시작하고 싶어

지우개

불현듯 뭔가 적어야겠다는 생각이 든다
대뜸 연필부터 잡는 건 가을 때문인가
지금 내게 위로가 필요한가 보다

돈키호테의 손을 잡고
대책 없이 길을 떠난다

빛이 없다 깜깜하다
소리가 들리지 않는다 너무 조용하다
아무도 말을 걸지 않는다 못 견디게 외롭다
하릴없이 연필만 들었다 놓았다 한다

몽블랑 볼펜만 데리고 떠났다면
길 잃은 바람이 힘들었겠지
디지털 카메라만 사귀었다면
수줍은 코스모스가 뻘쭘했겠지

돈키호테 마음이 왔다 갔다 한다
엉킨 머리는 괜스레 썼다 지웠다 한다

헛수고로 바쁜 손은 친구를 찾는다
그나마 연필이어서 다행이다

나의 오랜 벗 지우개여
설익은 친구의 섣부른 사랑마저
보듬으려 넌 하얀 속을 태우는구나
시치미 떼고 안아줄 비밀이 버거워
부끄럽게 새까만 속을 비우는구나

사랑스런 친구 지우개여
네가 있어 오늘도 난
얼굴 들고 뻔뻔하게 살고 있구나

바퀴벌레의 후회

이크 들켰다
들키고 말았다
더러운 놈이란다
같이 살 수 없는 놈이란다
내가

말도 안 되는
그런 소리 마라 이놈아
나도 너만큼 가슴 펴고
자신만만 살았단다

살아보니 그렇더라
맘대로 안 되더라
별 볼일 없는 그게
날 쌜쭉 놀리더라

그래 난
형편없는 놈이다
그래도 좀 살아보자

힘을 다해 달아나자
뛰어야 산다
그래야 산다

잡히면 안 된다
할 말이 없다
뒤따르는 손길이 따갑다
막다른 길 갈 곳이 없다

숨을 곳이 없다
길이 너무 밝다
숨어봐야 꼬리가 남는다
한번 대들어나 볼 걸
후회가 이미 때늦다

그림자 남긴
몸뚱어리 간지럽다
용기 잃은 가벼움에
사나이 가슴이 아리다

고양희 양의 고양이

고양희 양(孃)은 고양이 양이의 집사다
고 양은 요즘 양이와 줄다리기 중이다
고 양이 가족과 식사를 하는데 양이는
간간이 눈치를 살피며 주위를 맴돈다

양이는 괴롭다
배고픈 양이는 눈앞의 고등어가 얄밉다
보고 있는 양이는 혼자 우는 침샘이 야속하다
이 고얀 집사 같으니라고

양이는 서럽다
하릴없는 양이는 조롱하는 미소가 힘들다
손발 묶인 양이는 시험하는 눈빛이 아프다
이 고오얀 식구들 같으니라고

양이는 화난다
고등어 먹었다 벌을 주는 건 너무 치사하다
고양희 양, 양이 말고 양(羊)이나 키우시지
이 고오오얀 식성 같으니라고

굶은 양이에게 고등어 냄새 풍기는 건
궁지 속 양이에게 거짓 호의를 베푸는 건
그건 너무 잔인한, 잔인한 유혹이 아닐까
이 고오오오얀 세상 같으니라고

* 이 시는 『스토리문학』 2013년 봄호에 게재된 시 부문 신인상 당선
  작입니다.

새끼발가락

노안으로 눈이 침침한 탓일까
딴생각에 머리가 흐린 탓일까
점잖은 식탁 모서리를 걸어찬다

놀란 가슴에 숨을 멈춘다
게으른 부주의에 몸이 굳는다
나무라는 꾸중에 자지러진다
그러다가
두 손으로 얼굴을 가린다
누가 볼까 서둘러 뒤돌아 뛴다

새끼발가락이 헛웃음이다
아픈 건 참겠는데 부끄럽단다
견디다가 끝내 피를 토한다
이게 뭐냐고 부르르 떤다
열 손가락 열 발가락 중에
제일 하는 일 없는 내가
내가 다친 게 그나마 다행이란다

아프다 밤새 아프다
아파서 잠을 이룰 수가 없다
네가 아파서 난 잘 수가 없다
너를 부둥키지 않고는 도저히
잠에 들 수가 없다

앞만 보고 같이 걷던 너의
너의 눈을 오늘 처음 본다
안타깝게 삼키기만 하던 너의
너의 목소리를 처음 듣는다
너의 아픔이 내 아픔이라는
네가 사실 나라는 그 말을
오늘에야 처음으로 듣는다

오랜 세월 같이 살면서
눈길 한 번 주지 않던 내게
그런 내게 네가
부끄러운 우정을 가르치는구나

버스에서

혼잡 버스에서
노란 의자에 앉은
젊은이의 휴대폰이 고깝다

두 정거장 앞에서
핑크 의자에 앉는
예순여섯 청춘은 더 낯 뜨겁다

소맥 한 잔

샛별이
어스름 새벽을
꼿꼿이 지킵니다

태양이
드높은 하늘을
벅차게 태웁니다

석양이
기우는 그림자를
다독여 달랩니다

소맥 한 잔이
나른한 달빛을
편안히 잠재웁니다

엄마 오리의 선택

여유로운 오후
햇볕이 따사롭다
호수가 나른하다
오랜만에 엄마 오리가
새끼들을 데리고 산책을 한다

갑자기 물살이 빨라진다
이크 폭포다
서둘러 방향을 튼다 근데
꼬리가 서늘하게 길다

둘째가 헛딛는다
억센 물길에 휩쓸린다
열 길 물줄기가 아프다
혼자 보낸 게 더 아프다

늙은 몸은 저절로
폭포로 기운다
헌데 뒷꼭지가 무겁다
아홉 애들이 눈에 밟힌다

어느새 몸뚱어리가 절벽에 있다
둘째야 제발 목숨줄을 붙잡아라

줄줄이 애들이
무거운 엉덩이를 당긴다
하나 둘 셋 …… 여덟 그리고 아홉
가엾은 것들 그리고 기특한 것들

애들아
손가락 아픈 엄마를
믿어주어 고맙구나
좁은 어미 품을
아껴주니 고맙구나

호접란, 다시 찾아온 당신

새 아침에
행복이 문득 찾아왔다
뜸들이던 자색 천사가
드디어 날아왔다
귀한 친구들 모두 데려와
우리 집에서 잔치를 벌인다
오랫동안 숨겨온 맨살이
하얗게 수줍다

천사는 오 년 전에
꽃을 들고 우리 집에 왔다
추억이 안타까운 제자가
나를 다독이라 부탁했단다

천사는 두 달 넘게 말없이 웃다가
매정하게 꽃잎을 통째로 거뒀다
아픈 미련 질긴 인연을
넓은 이파리에 숨겨놓고 갔다

그토록 무심하던 당신은

한 줄 편지로 날 설레게 하더니
드디어 벅찬 미소를 터트렸다

꽃잎 아끼며 다가온 당신
부끄럽게 치마폭을 잡아 본다
이번엔 절대로 당신의
멀어지는 걸음을 놓치지 않으리라

천사의 음성이 넉넉하다
가을까지 나를 품어주겠단다
오늘 밤은
당신 품속에서 편히
깊은 잠에 들 수 있을 것 같다

길다

길고 긴 꼬부랑 고개를 넘는다
갈기 긴 말 한 마리 친구 삼아 걷는다
길길이 뛰는 애송이 엉덩이 잡아끈다
앞길 아득한데 갈참나무 그림자 길다
길어진 몸뚱어리 절룩 걸음 애처롭다

휘리릭 한 줄기 바람 간절하게 길다
갈 길 바쁜 나그네 질긴 미련 달랜다
고목에 의지한 조각잠 달콤하게 길다

긴 밤 날로 지샌 여인 쪽잠을 쫓는다
길쌈 접고 이제야 허리를 길게 편다
둥글게 긴 굴뚝연기 따라 돌담을 돈다
물 길러 우물까지 잰걸음을 옮긴다
두레박에 남은 물로 긴 목을 축인다
긴 팔 뻗어 서둘러 물지게를 진다
가슴속 한가득 서러움이 길다

남은 길이 길다
나그네 기다리는 여인의 한숨도 길다
하지만 허락된 시간도 아직까지 길다

지난밤 폭설

엊그제 북극 한파를
오리털 파카 속에 파묻으니
참나무 질긴 미련 끌어안은
처마 밑 잔설이 오히려 따뜻하구나

무거운 엉덩이를 달래며
한계령 뱀길을 구부려 오르니
새 하늘 아래 동해 가른 용머리
수로부인 미소를 탐하고 있구나

지난밤 몰래 온 폭설이
나그네 바쁜 걸음 묶어 놓으니
내년 보리 농사 분명 풍년일 거라
울 아비 어깨 저절로 들썩이는구나

낙엽

새봄에 난 군대에 들어왔다
새파란 군복이 어색하게 겉돌았다
그래도 난
또래들과 지내는 시간이 재밌었다

동기들 중에서 내가 제일 힘셌다
하얀 새털 바람은 간지러웠다
걸음조차 서툰 아지랑이는 만만했다
화가 많은 무더위는 오히려 쉬웠다
떼로 대드는 매미들은 가소로웠다
샤워를 마친 후 내 근육은 한결 돋보였다

난 상병까지 신나게 살았다
의기양양하게 시간을 썰었다
우리 중대에서 제일 잘 썰었다

상병 말 군기가 사라질 즈음
군복 색깔이 눈에 띄게 바랬다
세월을 바쁘게 썰던 손놀림도 느려졌다

병장이 되자마자 난 톱질을 멈추었다
창백한 얼굴로 바닥에 누워버렸다
어느새 난 침상에 붙은 껍딱지가 되었다
담요를 벗겨도 차라리 웅크려 눈을 감았다
끼니를 권해도 눈 흘기며 새까맣게 성을 냈다

난 이미 결심을 굳혔다
겨울잠을 준비하는 개구리의 이불이 되리라
겨울 내내 산비탈 보리밭 여린 싹을 안아 주리라
심장을 태워 수줍은 연인의 가슴을 맺어 주리라
연인의 겨울밤을 하얀 왈츠로 밝혀 주리라

신호등 앞에서

보도블록만 세던 걸음을
길고 긴 건널목이 막아 세운다
허리를 펴서 신호등을 본다
정신을 추슬러 노려본다

기다리던 파란불이다
반백의 머리카락을 곧추 세운다
굽은 등은 메마른 여유를 짜낸다
종아리는 스무 살 걸음을 기억해낸다

어느새 파란불이 깜박거린다
팔꿈치가 가슴을 때린다
빨간불이 야비하게 쫓으며 비웃는다
고얀 놈, 아직 난
네놈에게 붙잡히고 싶진 않다

등을 미는 바람의 자비 덕분에
무사히 보도블록에 안긴다
어휴 다행이다
바쁜 걸음 위로하는
가쁜 숨이 그저 고맙다

저 아시겠어요

병문안을 갔다
어르신의 기력이 많이 쇠한 것 같다

어르신
제가 누군지 아시겠어요

......
고얀 놈
너 니 에미 아들 아니더냐

아까운 사랑

잊었던 사랑이
소리 없이 그녀에게 다가온다
손을 내민 벅찬 사랑에 그녀는
오래 쌓인 설움을 털어낸다

단꿈은 오래 가지 않나 보다
얄팍한 인연이 사정없이
그녀의 한 숟갈 행운을 밀쳐 버린다
말을 잃은 입을 아예 막아 버린다
그녀는 그저 눈물로 답할 수밖에 없다

안타까운 사랑은 힘을 잃는다
한바탕 아지랑이를 남기고
어느 날 갑자기 떠나고 만다
그녀는 어이없어 그냥 웃고 만다

마을 어귀 느티나무가
그녀의 풋풋한 속삭임을 애닯아 한다
그녀는 긴 숨을 허공에 내뿜는다

스치듯 다녀간 사랑이
묵은 설움 데려간 가슴이
애틋하게 울리는 목소리가
너무도 아까와 견딜 수가 없다

TV 드라마 전원일기 속에서
일용 엄니 품에 얼굴을 묻은 숙이네가
뜨거운 눈물을 쏟고 있다

사자의 사슴 사냥법

사자는 살기 위해 사슴을 잡는다
사슴을 잡기 위해 죽자 사자 달린다
사자는 사냥을 잘해야 살아남을 수 있다

사자는 먹이 사슴을 단호하게 결정한다
일단 사슴을 정하면 눈을 떼지 않는다
한 놈만 쫓는다 사정없이 쫓는다

사슴을 잡으면 마지막 자비를 베푼다
사자는 목덜미를 물어 가쁜 숨을 거둔다
사슴은 순식간에 슬픈 고통을 잊는다

사슴을 쫓다가 놓치지 않도록
사자는 오늘도 애써 칼바위를 오른다
쉬지 않고 다리 근육을 단련한다

사자는 무리를 지어 사냥을 한다
함께 마음을 맞추어 사슴을 쫓아야
아기 사자를 굶기지 않는다

사자는 사슴을 놓쳐도 실망하지 않는다
실패 뒤에는 언제나 새 도전이 기다린다
그래서 그건 오히려 행운이다

내일만은

날이 새면
익숙한 우정을 만난다
서로 빌려주던 어깨를
내일 다시 만난다
핏줄보다 자주 보던 얼굴을
내일은 다시 본다

우린 백 리 길을 함께 걸었다
두 손 맞잡고 뛰어서 여기까지 왔다
오는 길에 바람도 많았다
자갈길에 넘어져 피도 흘렸다
반짝 햇빛에 숨을 좀 돌리기도 했다
서로 등 두드려 주며 우린
여기까지 왔다

내일 우린 다시 만난다
겨우 내내 움츠렸던 가슴을 편다
거칠어진 손일 망정 우린 내일
다시 잡고 뛰어볼 생각이다

맺힌 가슴이 좀 후련할 테지
우리의 키재기가 가소로울 테지
다독이는 손길이 아까울 테지
같이 웃는 웃음이 소중할 테지

창문을 두드리는 빗소리가
밤을 다지는 빗소리가 야속하다
봄이 철쭉을 시샘하는 비치곤
이건 너무 심술궂다
가뭄에 논이 갈라져도 내일만은
내일만은 하늘이 너그러웠으면
그랬으면 좋겠다

윤회

몸뚱어리 허락받지 못한 수증기
천 리 길을 달려와 드디어 인연을 만난다
어둠 속 수줍은 손길이 소심하게 정겹다
몰래 나누는 차가운 사랑이 안타깝게 벅차다

찰나마저 시샘하는 여명이 못내 야속하다
새까맣게 타버린 속마음을 서둘러 고백한다
긴 기다림 짧은 만남 서러워 굵은 눈물을 떨군다
방울마다 땀 흘려 캐낸 우주의 억년 비밀을 담는다

밤새 쌓은 밀담을 아침 산새가 쪼개서 퍼나른다
아까운 밀회는 어느새 동네방네 전설이 된다

어두운 구름에 파묻혀 하늘을 떠돌면서도
내 아이 티끌 상처에 가슴이 무너진다
찢어지는 비명을 지르며 달려가 젖꼭지를 물린다
놀란 아이의 자지러진 울음을 다독여 달랜다
그제서야 아이는 무섭다던 세상을 한껏 품는다

연민과 질투는 원래 한 몸이던가
볼 부은 떼거리가 의기투합해 괴성을 지른다
빈 페트병과 함께 이십 년 우정을 걷어차 버린다
목마른 배추밭과 함께 자투리 자비를 떠밀어 버린다
산비탈 아래 오두막과 함께 농부의 미래도 밟아 버린다

끓어오른 분노가 심장을 부여잡고 하늘로 오른다
길 잃은 교만은 끝내 다시 당신의 감옥에 갇히고 만다
거추장스런 것은 바로 욕심이란 걸 비로소 깨닫는다

새 생명을 갈구하며 당신의 섭리에 귀 기울인다
나의 기쁨과 너의 슬픔이 본디 한 몸인 것을 듣는다
자비를 애걸하던 흙의 목마름은 끝내 나의 고통이 된다
오늘 네가 내일 나인 것을 부끄럽게 기억한다

시련

하늘이 조금씩 맑아질 즈음
더위에 지친 바람이 힘을 얻는다
찬바람에 눈을 뜬 코스모스는
가는 허리로 힘겹게 버티고 있다
그러더니 끝내
두 손 마주 잡고 왈츠를 춘다

하나씩 쌓아온 정열 방울은
아득한 하늘 향해 힘껏 솟아오른다
갈 길 잃은 파란 청춘은 끝내
오래 감춘 노란 꿈을 보이고 만다
그러더니 끝내
낯 붉히며 고개 돌려 미소 짓는다

모퉁이를 돌아온 심술 바람이
종종걸음 동네 처녀의 속치마를 들춘다
옷고름에 걸려 더뎌진 발걸음은
수줍은 순정 들킬까 조바심 낸다
그러다가 끝내
어색한 웃음으로 서툰 대꾸를 한다

넷

꿈꾸는 재미

춤이 부풀면 끝내 꿈을 꾼다

꿈속에선 하늘을 난다
공주와 왕자를 만난다
핑크빛 세상이 모두 다 내 것이다

이런 재미에 사는지 모른다

인연

어젯밤 꿈에
어르신께서 오셨다

거기서 여태 뭐하냐 하셨다
알을 하나 품고 있다고 했다
그게 그리 귀하냐 물으셨다
인연이라 잡고 있다고 대답했다
놓을 수 없어 그냥 잡고 있다고
개미 소리로 말씀드렸다

엎드려 고개를 숙였다
게으름을 꾸짖어달라 했다
교만을 용서해달라 했다

숨소리 따뜻하게 다가와
눈을 떠 겨우 고개를 드니
어르신 품속에서 아이가
내 어깨를 다독이고 있었다

돼지 껍데기

구이판 위에서 사납게 튀는
뜨거운 청춘이 아프다
한세월 살아온 난 무언지
외꼰 설움이 아프다
하루를 마감하는 낯선 이의
쓴 소주 한 잔이 더 아프다

갑자기 누가 찾아와
우리의 우정을 갈라놓았다
친구만 예쁘다 데려갔다
난 뻣뻣하다 내동댕이쳤다

그래 네 말이 맞다
나도 내가 싫을 때가 있다
난 왜 이렇게 생겼을까
그래도 산다고 살았는데

걷어차인 네 종아리 다칠까 봐
가슴 조이던 내 아픔을 넌 아니

돌에 짓찧인 네 엉덩이 깨질까 봐
고이 감싼 내 정성을 넌 아니
달리다 넘어진 네 숨 가쁠까 봐
부둥켜 울던 내 애간장을 넌 아니

그래 괜찮아
이제라도 날 찾아주니 고맙구나
나를 씹으렴 슬픔을 씹으렴
네 가슴에 내 추억 고이 묻을게

생채기

괜찮겠지 하는 부주의 때문에
이 정도쯤이야 하는 자만 때문에
어서 돌아가자 하는 조급함 때문에
멀쩡한 얼굴에 생채기를 내고야 말았다

쬐끄만 것이 꽤나 무겁다
성이 나 얼굴 붉히니 정말 무섭다
아파 죽겠다 보채니 달랠 수가 없다
맥없이 눈물 흘리니 손발이 바쁘다
날 좀 보소 떼를 쓰니 꼭 막내딸이다

다가오는 기척이 싫단다 내미는 손길을 뿌리친다
감싸주는 체온이 싸늘하단다 고개를 돌려 버린다
헤픈 웃음이 아프단다 그건 오히려 비웃음이란다
열린 입술이 날카롭단다 무른 생채기가 일그러진다

바라보며 기다려주면
입을 닫고 귀를 빌려주면
젖은 마음이 이내 마를 수 있을 텐데

우러러볼 하늘을 한 뼘만 허락해 주면
멍 때릴 여유를 잠깐만 허락해 주면
혼자서도 충분히
잃어버린 미소를 되찾을 수 있을 텐데

갈대 예찬

겨우내 새침하던 북서풍이
나른하게 방향을 잃는다
아예 주저앉아 버린 잔설은
참았던 눈물을 글썽인다
조각 햇볕에 정신 차린 갈대 노인은
웅크린 가슴을 펴도 좋을지
눈치를 살핀다

그 많던 이파리 다 잃은 갯버들이
어깨를 늘어뜨리고 있다
해당화 덩굴에 숨었던 질긴 미련마저
마지막 숨을 놓아 버린다
지쳐버린 노인은 이내
긴 겨울 찬바람의 잔인함을 인정한다

실망이 모퉁이를 돌아설 즈음
숨을 조이는 차가운 고문을 견뎌낸
처진 볼 마른 허리가 대견하다
굽힐지언정 꺾이지 않은

뼈만 남은 종아리가 기껍다

갈대 노인은 이제 스스로 맥을 놓는다
애써 지킨 새봄의 비밀을
벅차게 털어놓는다

설국 모자(雪國 母子)

아침 기온이 영하 십이 도라고
어제 내린 눈으로 빙판길이라고
TV에서 기상캐스터가 겁을 준다

북극곰이 되었는데도 온몸에 서리가 내린다
떡시루가 된 승용차의 보닛(bonnet) 위에는
손가락 두 마디 두께의 백설기가 비장하다

등산화의 미끄럼방지 기능 덕에
발걸음이 자신 있게 모퉁이를 돈다

날카로운 단음에 일순간 온몸에 소름이 돋는다
보이스봇(Voice Bot)이 부르는 무심한 소리 같다
발아래 낙엽 더미가 크리스피(crispy) 크림을 쓰고 있다
호기심 많은 꼬마 서넛이 넋을 잃고 단맛을 핥고 있다
요놈들 웃음소리려니 다시 큰 걸음을 뗀다

애닲은 목소리가 뒷목을 잡아끈다
국민학교 입학식 가는 길에 들었던 소리다

한 살 먼저 학교에 가는 키 작은 꼬맹이
천방지축 콧물을 풀어주던 엄마의 목소리다

엄마가 앉아 있다 옆에는 여섯 살 아들도 있다
앉은뱅이 눈사람 모자(母子)가 나란히 앞만 응시하고 있
다
비밀을 들킬까 엄마는 허밍(humming)으로 말한다
꼬맹이 아들은 못 들은 척 시치미를 뗀다
아들을 다독이기에 엄마 손은 너무 거칠다
엄마 손을 위로하기에 아들 가슴은 혼자 바쁘다

세월아 네월아

이놈 네월아
나 세월이 형이다
너는 지금 어디서 무얼 하고 있느냐
너 찾아 헤맨 세월이 얼마인 줄 아느냐
새까맣던 내 머리카락이 어느새 반백이구나
그것마저 이젠 한 올 한 올 아쉽구나

네가 떠난 날 난 어이가 없더라
네 맘을 헤아리기가 정말 힘들더라
인색한 눈길이 그토록 서럽더냐
한 줌 사랑이 그리도 애닮더냐
네 재능을 그렇게 뽐내고 싶더냐

조막손이 예뻤던 동생, 네월아
외줄타기 네 재주에 터지는 파안대소가
줄에서 떨어진 광대에겐 비웃음일 텐데
멀어지는 우정을 어찌 다시 찾을까
관객이 떠난 후 다음 장이 열릴 때까지
박수에 부푼 가슴도 끝내 꺼지고 말 텐데

허전한 네 마음은 무엇으로 채울까

이름을 부르기조차 아까운 내 동생 네월아
우리의 체온이 기억 너머로 사라지기 전에
세월아 네월아 함께 걸으며
떨리던 설렘 다시 나누지 않으련

아몬드 케이크

밥은 굶어도 난 빵 없이 못 살아
달콤한 설탕 없으면 난 하루도 못 살아
믹스 커피의 유혹이 얼마나 달콤한지
마카롱의 행복이 얼마나 짜릿한지

나대는 내 입맛을 비웃지 마라
굵은 내 허리를 조롱하지 마라
사랑 없이 넌 웃을 수 있니
친구 없이 넌 깊이 잠들 수 있니

......

카스텔라를 잊으라고 강요하지 않을게
달콤한 행복을 절대로 빼앗지 않을게
밀가루는 잊어줘 아몬드가루가 있잖니
설탕은 잊어줘 스테비아가 있잖니

아몬드가루에 믹스넛 넣고 감 말랭이 살짝
베이킹 파우더에 스테비아와 계피가루 한 스푼씩

계란 한 알 그리고 요거트 한 큰술
정성껏 반죽해서 전자레인지에 쏙

......

냄새가 고소하다
더 이상 못 참겠다

내 사랑 아몬드 케이크
그럼 어디
눈 감고 진하게 입맞춰 보자꾸나

화장실이 부른다

갑자기 급하다
구역질이 뭔가를 밀어 올리는데
도저히 목구멍을 넘지 못한다
애처로운 미움이 안타깝게 얽혀
창자를 옭아맨 것 같다

화장실 문에 걸린 수채화가
성난 심장을 다독인다
내게 일단 앉으라 한다
세상과 잠시 헤어지라 한다

이제 난 혼자다
이제 난 자유다
한 올 속옷마저 무겁다
한 조각 자존심도 버겁다

시계바늘을 붙잡는다
십 분 아니 단 삼 분만
제발 멈춰달라 애원한다

그 시간이면 족하다
여기서라면 족하다
알몸이라면 족하다

미숙한 미움 불태워 없애기에
타오르는 분노 가라앉히기에
실없는 설움 부둥켜 달래기에
밀려오는 후회 미리 삭히기에

오늘도 화장실이 날 부른다
나는 엄숙하게 문을 연다
그리고 거기서 또
새 생명을 잉태한다

볍씨 유전

봄볕이 언 땅을 녹이면
비밀을 간직한 볍씨 한 알이
새싹을 틔운다 그리고 끝내
아버지의 체온을 온 동네에 퍼뜨린다

여름 내내 치열하게 살아낸다
수천 년 갈고 닦은 흙의 마술은
젖이 되어 용기를 북돋워 준다
시련으로 단련된 열정은
물려받은 유전자를 굳게 되새긴다

가을바람의 너그러운 위로가
끓어오르는 목마름을 달래준 덕분에
곳간은 볏섬으로 가득 찬다

아버지의 당부를 기억하는 볍씨는
아픈 꿈을 응원한다
좁쌀 욕심이 남아있지 않은지
양쪽 주머니를 뒤집어 턴다

빈 곳간 한 켠에 서서 볍씨는
아버지의 유언을 되뇌며
다가올 새봄을 단단히 준비한다

불은 물이 시원하다

불이 물을 깨운다
물은 가슴 벌려 불을 재운다
돌아온 평화가 맑다

불이 물을 재촉한다
물은 웃음으로 불을 달랜다
멋쩍은 볼이 붉다

불이 물을 떨친다
물은 부둥켜 불을 껴안는다
눈물진 가슴이 기껍다

불이 물을 나무란다
물은 기대어 불을 다독인다
맞잡은 체온이 뜨겁다

어느새
불은 물이 시원하다
물도 불이 따뜻하다

미루고 살자

새해에 문득 떠오른 명언 한마디
오늘 할 일을 내일로 미루지 말라
굳은 결심을 지켜야 하니까

이어지는 결심 한 조각
책임을 남에게 미루지 말자
관포(管鮑) 우정을 지켜야 하니까

하지만
걱정은 미루고 살자
벅찬 행복을 지켜야 하니까

무궁화 꽃이 피었습니다

무궁화 꽃이 피었습니다
여름 끝자락에
무궁화 꽃이 피었습니다
그리고 올해도
무궁화는 온통 연분홍입니다

흰 저고리 분홍 치마
곱게 차려입은 당신
오순도순 속삭이던 꿈을
하루 만에 떨굽니다
뭉텅이로 달빛에 떨굽니다

올해도 당신은 내게 속삭였습니다
또박또박 들려주었습니다
아픔은 다 데려간다 말해 주었습니다

고운 당신 보내기엔
모은 두 손이 허전한데
청색 저고리 자주 고름 푸는

매정한 눈길이 있어 아픕니다
너른 당신 마주하기엔
처진 어깨가 부끄러운데
하얀 스란치마 들추는
거친 손길이 보여 서럽습니다

연분홍만 기억하는
치우친 사랑에 오늘
멍든 가슴이 무너집니다

별 말씀

예수님께서 말씀하십니다
이웃을 네 몸같이 사랑하거라
공자님께서도 말씀하십니다
과유불급(過猶不及)을 잊지 말아라
부처님 역시 한 말씀 하십니다
부디 성내거나 질투하지 말아라

해님께서 이제 말씀하십니다
천둥소리 비바람 겁내지 말아라
달님도 삼켰던 말씀을 하십니다
소리 없는 외침에 귀를 기울여라

저도 한 말씀 드려야 하나요
정말 죄송합니다, 하나님
저는 뭐 하나
제대로 한 게 없습니다

별님께서 웃으며 말씀하십니다
네가 이제 철이 좀 들었구나

아니요 별말씀을요
그렇게 말씀해 주시니
오늘 전 편히
잠들 수 있을 것 같습니다

사이

어제와 오늘은
말이 잘 통하는
친한 친구 사이

오늘과 내일은
비밀을 나누는
신혼부부 사이

어제와 내일은
어긋나 겉도는
지구와 달 사이

너와 나는
나뭇가지 사이로
달빛 나누는 사이

아끼면

돈을 아끼면 부자가 되고
덕을 아끼면 혼자가 된다
입을 아끼면 화해가 되고
귀를 아끼면 오해가 된다

몸을 아끼면 건강이 되고
맘을 아끼면 원한이 된다
미움을 아끼면 사랑이 되고
희망을 아끼면 절망이 된다

커피를 아끼면 향기가 사라지고
칭찬을 아끼면 인연이 사라진다

살면서 아끼면 안 되는 건
칭찬 그리고 사랑

억새의 꿈

새봄의 초입에 엄마는
뼈만 남은 종아리 굳어버린 관절을 태웠다
날 품어주던 가슴마저 붉게 태워 버렸다
엄마는 미련 때문에 날 떠나지 못했다
가벼워진 몸으로도 날지 못했다
못다 이룬 당신의 꿈을 속삭인 후에야 겨우
스스로를 하얗게 태우며 하늘로 향했다

당신은 사랑이라 했다
가슴을 태워 내 잠을 깨운다 했다
욕심을 버려 내 꿈에 색칠한다 했다
말을 삼켜 닫힌 내 입을 연다고 했다
이젠 내가 우리 집의 기둥이라 했다

봄이라는데 아직까지 차다
홀로 맞는 태양이 따갑다
엄마가 떠난 자리가 시리다
방향 잃은 바람의 심술이 야비하다

엄마가 남겨준 가문의 비밀이
한 뼘 자란 내게는 너무 무겁다
엄마의 사랑만으로 이 밤을 새우기에는
이제 겨우 눈뜬 내 가슴은 너무 작다

장타의 비결

골퍼의 꿈은
누가 뭐라 해도 장타입니다
공을 똑바로 멀리 보낼 수 있다면
무엇인들 못 하겠습니까

공을 똑바로 멀리 보내려면
골프채에 최대한의 힘을 실어
빠르고 정확하게 공을 때려야 합니다

중심 근육을 일깨워야 합니다
잔 근육은 잠시 잠재워야 합니다
힘을 모았다가 한 번에 써야 합니다
서둘러 쓰는 힘은 헛심입니다
공에서 눈을 떼지 말아야 합니다
눈을 떼면 공은 산으로 달아납니다.

일등 골퍼도
매번 장타를 치지 못합니다
맹수가 먹이 사냥에 성공할 확률도

실패할 확률보다 높지 않습니다
왕도가 있겠습니까
연습만이 살길입니다

그리고
잊지 말아야 할 장타의 비결은
언젠가는 내가 주인공이 될 거라는
흔들리지 않는 믿음입니다

함박눈1

함박눈이
보리밭에 내리면
따뜻한 이불이 되어
씨앗들의 속삭임을 듣는다
어느새 새봄을 맞는다

그리움이
가슴속에 내리면
아련한 추억이 되어
아이들의 꿈소리를 듣는다
어느새 청춘을 맞는다

함박눈2

함박눈이
손바닥 위에 내리면
수줍게 녹아서
물방울 속으로 숨는다
그 속에서 언 몸을 녹인다

슬픔이
심장 위에 내리면
뜨겁게 녹아서
눈물 속으로 숨는다
그 속에서 언 마음을 녹인다

최적 온도

창밖 기온 영하 10도
강바람에 체감온도는 영하 20도
입이 붙는다 콧김이 언다

오리털 파카 속 5도
목도리 감싸니 10도
한결 위로가 된다

사무실 아침 온도 15도
커피 한 잔에 배 속은 20도
하이파이브로 머리는 25도
이제야 정말 일할 맛 난다

점심 밥상 앞 35도
시끄러운 마음에 40도
멀어지는 친구가 서러워 45도
으음 끓는다 끓어

퇴근길 다시 영하 10도
감싸고 움츠려서 겨우 5도
오뎅 국물 덕에 가슴은 10도
아직도 으스스 쓸쓸하다

저녁 밥상 위 20도
청국장 한 숟갈에 25도
아내의 포근한 눈길 더해 30도
몸이 풀린다 눈이 감긴다

자연인, 의사, 시인으로서의 시학

김순진

(문학평론가·고려대 미래교육원 교수)

시는 사물과의 대화에서 시작된다. 시에서 사물이란 단순히 물건만을 지칭하지 않는다. 조약돌, 볼펜, 간장, 바람 등의 이름에서부터 6.25동란, 결혼기념일 같은 사건이나 망자(亡者), 선인(仙人), 상상 속의 인물 등 실존하지 않은 인물들까지 모두 사물에 속한다. 바람과 이야기를 한다는 것은 시인만이 할 수 있는 일이다. 보통 사람들은 현대시를 잘 이해하지 못하여 시가 어렵다고 한다. 그것은 우리가 러시아어나 아랍어를 모르는 것과 같은 이치다. 시의 언어는 시 나라의 사람들만이 이해하기 쉽도록 되어 있다. 어순이 다르고, 때에 따라 생략되거나 반복된다. 또한 공감각의 이동을 통해 나무가 나뭇잎을 매다는 것이 아니라 신발을 갈아신는다.

정영화 시인은 사회 경험이 매우 풍부한 지도층 인사다. 그에게는 박사님, 교수님, 의사 선생님, 시인님, 소장님 등 매우 다양한 호칭이 뒤따른다. 그런 호칭들은 만나는 사람에 따라 다르게 적용된다. 그런데 그가 지금 가장 듣고 싶어 하는 말은 시인이란 호칭이다. 신이 만물을 관장하듯 시인도 만물을 관장하고 나무와 풀과 바람과 구름과 대화한다. 구름의 얼굴과 성격을 살피고 돌아가신 아버지와 대화한다. 시인은 과거와 미래, 폐쇄된 공간과 열린 공간을 넘나드는 사람이다. 정영화 시인은 이미 사물과의 대화법을 터득했기 때문에 이 모든 것이 가능하다. 처음 정영화 시인이 시집을 내겠다며 발문을 써달라고 연락해 왔을 때, 나는 작품들의 수준이 출중하고 작품들이 모두 다른 의미망을 구축하며 새로운 방법을 시도하고 있는 신선한 것들이어서 적이 놀랐다. 그리고 발문보다는 작품해설을 써보겠다고 자진해서 말했다. 왜냐하면, 정영화 시인에게 시를 가르친 나 자신이 자랑스럽고, 그의 시적 완성도가 출중해서 나의 창작본능이 솟아났기 때문이다.

그럼 이쯤에서 정영화 시인이 어떤 시 세계를 펼치고 있는지 그의 시 몇 수를 읽어보면서 세 가지 방향으로 여행해 보자.

1. 자연인 정영화 엿보기

오늘 난 졌다 최선을 다했지만 또 졌다
뭐 그리 속상해할 것 없다고 스스로를 다독인다
백 번 넘게 있었던 일들 중 하나일 뿐이니까
그래도 도저히 익숙해지지 않는다
이기려고 나간 시합에서 고개 숙이는 건
박수만 치고 괜찮은 척 웃는 건 너무 힘들다

중학교 삼학년 때 그의 눈매가 매서워지기 시작했다
그는 쉬는 시간마다 집에서 가져온 진한 물을 마셨다
굵은 허벅지가 성내며 날 가볍게 들어 올렸다
쓰러진 나를 내려보며 여린 마음을 조롱했다
함께 나눈 우리의 체온은 차츰 식어갔다

난 몇 번이고 눈물로 그에게 말했다
친구야 우린 지금 꼭두각시 놀이판에 서 있는지 몰라
예쁘게 치장해달라고 누군가에게 애걸하고 있는지 몰라
친구야 위에 있는 사람이 언제나 행복하지 않을지 몰라

차라리 눈을 감자
카메라를 독점하는 그의 눈을 피하고 싶다
근육통 때문인지 이내 거만한 얼굴이 사라진다

언제나 외면하던 카메라가 내게 고개를 돌린다
슬그머니 다가온 그와 함께 날 투샷으로 잡는다
여덟 살 개구쟁이 둘이 모래판에서 재잘거린다
샅바를 움켜쥐고 당겨 넘어뜨리길 반복하면서
뭐가 그리 재미있는지 까르르 한 몸이 되어 구른다
짜고 하는 것처럼 승리를 공평하게 나누어 가진다
맞잡은 손을 통해 온몸에 우정이 고루 퍼진다

-「패자의 꿈」 전문

　나는 정영화 시인이 정확히 무슨 게임에서 졌는지 잘 알
지 못한다. 하지만, 운동을 하든 바둑을 두든 수학경시대회
에 나가든 그곳에 참여해 진 사람은 패자가 아니다. 시합에

참여한 모든 사람들은 승자의 과정에 있을 뿐이다. 축구게임을 한다고 할 때 운동장 안에서는 팀당 11명씩 총 22명의 선수만이 경기할 수 있다. 나머지는 관중과 후보 혹은 코치로서 운동장 밖에 있어야 한다. 오직 22명의 선수만이 운동장 안에 들어가 뛸 수 있다. 22명의 선수만 들어갈 수 있는 운동장 안에 들어간 사람을 누가 패자라고 할 수 있을까? 최근 말레이시아 축구팀이 한국인 김판곤 감독의 지도력으로 파푸아뉴기니 축구대표팀을 10대 0으로 이겼다. 말레이시아 팀으로서는 정말 대단한 승리를 거뒀다. 그렇다면 파푸아뉴기니 축구대표팀 선수들은 언론의 보도대로 참패를 당한 것일까? 적어도 그 팀의 선수들은 그 나라에서 최고의 선수들이다. 그들은 그 나라 국가대표가 되는 과정까지 수없이 승리했기 때문에 그 자리에 올 수 있었다. 어찌 한 번의 패배로 그들을 패자라 말할 수 있겠는가? 어떤 소년이 유명한 축구선수가 되고 싶은 꿈을 가지고 초등학교 때부터 축구를 시작했다고 생각해 보자. 그런데 키가 자라지 않아서 아니면 부모의 경제 사정이 어려워져서 중학교 때쯤 축구를 그만두었다고 하자. 그렇지만 그는 초등학교 때 축구선수로 활동한 경험이 뒷받침되어 조기축구회에서 스트라이커로 활동할 수 있을 것이다. 인생에 있어 포기하지 않은 사람에게 패배란 없다. 나 역시 여러 번의 실패를 딛고 오늘의 출판사를 이룩할 수 있었다. 아마도 정영화 시인은 수많은 시행착오와 실수의 과정을 통해서 지금이 명의가 되었을 것이다. 행동하는 자여, 그대는 승리자다.

창백한 얼굴의 넌 괴력의 소유자다
서늘바람과 겨루던 세 겹 어깨를 꺾어 버린다
자갈밭에서 단련한 무쇠 종아리도 무너뜨린다
스텔스 능력으로 넌 바다마저 정복한다
소라 전복 멸치 오징어 고등어 방어 돌고래까지
너의 자비를 좇아 입 벌리고 목숨을 구걸한다

네 품에 안기면 수천 년 동안
고운 미소를 만날 수 있다
너를 품으면 산꼭대기에서도
바다 향기를 즐길 수 있다

생일상에 네가 없으면 웃을 수 없다
미역국도 껄끄러워 목을 넘지 못한다
너의 노래 없인 식탁이 쓸쓸하다
파워 워킹 후에 그리운 건 오직 너뿐이다
네 눈길이 없으면 난 주저앉고 만다
네 손길이 없으면 난 네 이름만 부른다

오늘 네 입꼬리는 생소하다
오매불망 내 사랑이 버거워 보인다
내 스토킹을 피해 혼자이고 싶어 한다
심장을 위협해 날 떼어놓으려 한다
야누스의 반대편 얼굴이다

몰인정한 너, 소금은 혼잣말을 한다
거름이 모자라면 가지 뻗지 못하지만
웃자란 가지에선 열매 맺지 못한다

-「야누스의 두 얼굴」 전문

야누스는 로마 신화에 나오는 출입문의 수호신이다. 그는 출입문을 지키는데 사각지대가 없도록 머리 앞뒤에 두 개의 얼굴을 가지고 있다. 똑같은 얼굴을 두 개 가진 야누스도 있고 젊은 사람과 수염이 있는 사람의 서로 다른 얼굴 모습을 한 야누스도 있다. 사람들은 보통 두 가지 속마음을 가진 사람을 야누스에 비유하지만 사실 야누스는 애초에 그런 의미를 내포하고 있는 신이 아니었다. 야누스는 로마 신화에 나오는 문지기로서 침입자나 도둑을 잘 막을 수 있도록 머리의 양면이 얼굴로 되어 있다는 데 초점이 맞추어져 있다. 그러면서 "안과 밖, 시작과 끝, 빅뱅과 종말, 입학과 졸업, 삶과 죽음, 남자와 여자, 탄생과 소멸" 등 인생의 양면을 상징하기도 한다. 우리나라에서는 전통적으로 자물쇠를 물고기 모양으로 만들고 있는데 그것도 야누스와 같은 의미를 가지고 있다. 물고기는 눈을 뜨고 잠을 자기 때문에 언제든 도둑을 지킬 수 있다는 이치인 것이다. 세상의 모든 것은 두 가지 얼굴을 하고 있다. "싫다－좋다, 크다－작다, 짜다－싱겁다, 부유－가난, 젊다－늙다, 단단하다－물렁하다, 하늘－땅, 여자－남자, 살다－죽다, 사다－팔다, 오다－가다, 춥다－덥다, 주다－받다, 스승－제자, 의사－환자, 어둠－밝음, 화남－즐거움"과 같은 반의어는 극한대립을 가져오지만, '야누스의 두 얼굴'은 그런 극명한 대립이 아니라, '좋다－좋다', '좋다－봐줄 만하다', '좋다－그저 그렇다', '좋다－싫다', '좋다－너무 싫다'의 다양한 반응이 있을 수 있다. 실제로, 야누스의 얼굴을 그리는 화가나 조각가들은 야누스를 여러 가지 얼굴로 표현하기도 한다. 사람의 얼굴을 양면에 붙이기도 하지만, 사람과 독수리, 사람과 뱀, 사람과 악어, 사람과 사자 같이 한 쪽에 동물을 그려서 인간의 양면성을 드러내기도 하고, 사람과 태양, 사람과 달, 사람과 별, 사람과 천사, 사람과 악마의 형상을 양면에 그려서 사람들의 이중성을 고발하기도 한다. 정영화 시인의 이 시 「야누스의 두 얼굴」은 남을 비방하거나 탓하는 것이 아니라 '하려는 나와 하지 않으려는 나', 즉 시인 자신의 양면성에 대해 성찰하고 있다. 더불어, 풀을 뜯어야 식재료가 되고 물고기를 잡아야 매운탕을 끓일 수 있으며 닭이나 돼지, 소를 살육해야 먹고살 수 있는 삶의 양면성도 꼬집고 있다.

2. 의사 정영화 엿보기

오늘도 난
욕심쟁이 네게 이끌려 거울 앞에 선다
흰색 와이셔츠에 줄무늬 넥타이 그리고 반짝 구두를 강요당한다
목 조이고 발 붓는 내 고통 따윈 관심 없나 보다

오늘도 난
허풍쟁이 네게 이끌려 액세서리를 고른다
신분증 매달고 청진기에 펜 라이트 그리고 수첩 하나 챙긴다
진짜 주인의 외침 따윈 신경 쓰지 않나 보다

오늘도 난
걸을 줄 모르는 네게 이끌려 병실 복도를 걷는다

환자는 아픔 모르는 너를 목 빠지게 기다린다
네 품속 내 근심 따윈 안중에 없나 보다

오늘도 난
들을 줄 모르는 네게 이끌려 진료 의자에 앉는다
환자는 차가운 네 손 만지며 따뜻하다 말한다
네 품속 내 고민 따윈 맘에 두지 않나 보다

오늘도 난
무지한 네게 이끌려 강단에 선다
학생은 너의 몽블랑 만년필을 존경한다
밤새 준비한 내 지식 따윈 탐나지 않나 보다

오늘도 난
차가운 네게 이끌려 수술실에 간다
기계에 숨을 맡긴 환자는 너의 자비만 기다린다
오랫동안 연마한 내 기술 따윈 하찮은가 보다

오늘도 난
너의 품에 안기어 환자를 힘껏 안는다
넌 세균의 질투도 바이러스의 공격도 대신 받아준다
잠 못 자고 마음 졸이는 내가 안돼 보이나 보다

오늘도 난
너의 자비에 기대어 환자의 손을 잡는다
언제나 나를 품어주는 순백의 너, 의사 가운이여
그래 네가 진짜 의사 선생님이다

- 「진짜 의사」 전문

정영화 시인은 의대 교수이고 내과 전문의다. 이 시에는 정영화 의사의 좋은 의사가 되기 위한 소망과 개인적인 고민이 대구법처럼 들어있다. 청바지도 입고 반바지도 입으면 좋겠지만 늘 사람들 앞에 서야 하는 그는 "흰색 와이셔츠에 줄무늬 넥타이 그리고 반짝 구두를 강요당한다." 넥타이를 벗어던지고 반 팔 티셔츠나 꽃무늬 남방셔츠를 입고 슬리퍼나 운동화를 신고 싶어도 그럴 수가 없다. 출근하자마자 "신분증 매달고 청진기에 펜 라이트 그리고 수첩 하나 챙긴다." 늘 자신의 이름을 걸고 업무에 임해야 하고 환자와 보호자들을 만나야 하는 의무감에 본인은 '이렇게 살아야만 하나' 싶기도 할 것 같다. 모두 벗어던지고 여행이나 떠나고 싶은 마음, 시골의 허름한 집을 사서 농사나 짓고 싶은 마음도 들겠지? 그러나 어떻게 한 공부인가? 그에게는 자신에게 목숨을 맡긴 촌각에 내몰린 환자가 있다. 그래서 힘들고 버겁고 귀찮고 싫을 때도 있지만, '나는 의사다'라고 되뇌이며 "신분증 매달고 청진기에 펜 라이트 그리고 수첩 하나 챙길" 것 같다. 환자들은 목이 빠져라 그를 기다리지만, 가끔 몸이 피곤하고 '과연 이렇게 바쁘게 사는 것만이 올바로 사는 것인가?'란 고민에 빠지기도 하는 그의 마음속에는 '연차를 낼까?' '휴직을 할까?' 고민이 생길 만도 하다. 산소호흡기를 낀 환자, 링거를 매단 환자, 방사선 기계에 들어선 환자들이 오직 기계를 믿으며 거기에 자신의 목숨을 맡긴 채 의사인 정영화 시인의 오랜 경험과 의술에는 관심이 없을 때 의사로서 자괴감이 들기도 할 것 같다. 강단에 서면 학생들은 그보다 그의 몽블랑 만년필에만 관심을 두고 제자들에게 귀중한 지식을 전달하기 위해 밤새도록 준비한 그의 노력에는 관심을 두지 않는 학생들이 야속하기도 할 것 같다. 의사도 의사이기 이전에 한 인간이다. 세균과 코로나19 바이러스가 의사라고 해서 봐주거나 비껴가지 않는다. 아니, 병원에 근무하면 상대적으로 세균과 바이러스에 더욱더 자주 노출되게 마련이다. 이와 같은 세균 감염의 위험 속에서 죽어가는 환자를 위해 밤새 잠 못 자고 마음 졸여야 하는 의사들의 부담감은 의사가 아니면 알 수 없는 고충이리라. 나는 지금까지 의사와 병원에 근무하는 관계자들의 이런 고민을 알지 못했다. 사람들은 의사가 되면 '하얀 가운이 멋있다' '돈을 잘 벌어 좋겠다'라며 겉모습만 보고 부러워하지만, 생각해보니 명의가 되기 위해 공부한 시간과 심적 부담감이 엄청날 것 같아 저절로 머리가 숙여진다.

난 오남매의 셋째로 살았다
한국전쟁 직후 피란민촌에서 살았다
쌀팔 돈이 궁해 매일 수제비로 살았다
흰쌀밥 고깃국 먹으며 사는 게 소원이었다

관사에 사시던 담임선생님께서
코흘리개의 불확실한 미래를 사주셨다
키 작은 애송이의 움츠린 기를 살려 주셨다
장모님 모시고 두 아이 키우며 사시던 당신께선
밥상에 객식구 끌어들여 사서 고생을 하셨다

새 삶이 황송했던 열 살 꼬마는

오랫동안 숨겨온 꿈을 되살렸다
힘 잃었던 눈동자는 살아서 날뛰었다
한라산 설악산 눈길도 단숨에 뛰어올랐다
당신께서 가꾸어 오신 산맥을 한 바퀴 돌아
꼬마는 호감 살 만한 번듯한 청년이 되었다

고운 미소 나누며 살아오신 당신께선 정작
살면서 당신 몸엔 자비를 베풀지 못하셨다
베풀며 살아오신 삶을 마감하는 시간에도
제자가 살아갈 거친 세월만을 걱정하셨다
앞만 보고 바르게 살아라
욕심 버리고 나누며 살아라
따뜻하고 존경받는 의사로 살아라

남겨주신 당신의 체온 덕분에
난 아직까지 웃으며 산다
난 오늘도 가슴 펴고 산다

- 「살다」 전문

이 시는 6.25동란 직후 피란민촌에서 피란민의 아들로 태어나 자라면서 느꼈던 척박한 환경과 아버지 같은 은사님의 가르침을 회상하며 쓴 시다. 오직 꿈을 향해 열심히 공부해서 대한민국의 저명한 의사가 되기까지는 정말 피나는 노력이 있었을 것 같다. 그 과정에서 "앞만 보고 바르게 살아라 / 욕심 버리고 나누며 살아라 / 따뜻하고 존경받는 의사로 살아라"고 평소에 말씀하시던 은사님의 가르침은 정영화 의사를 지금의 따뜻하고 존경받는 의사로 만드는 데 큰 힘이 되었을 것이다. 국어사전에는 '살다'의 뜻이 '목숨을 이어 가다'라고 적혀 있다. 그것은 사전적 의미일 뿐이고 시적 의미의 '살다'는 다르다. '살다'의 시적 의미는 '생동하다'와 가깝다. 단순히 목숨을 이어 간다고 해서 '살다'의 범주에 넣는다는 것은 모순이다. 아버지는 뇌사상태로 연명 치료를 받다가 돌아가셨다. 나는 아무 의식 없이 기계에 의해 숨을 쉬고 있는 아버지의 목숨을 인정할 수 없었다. 시에서 '살다'는 꿈을 동반한다. '살다'라는 말은 '살고 있다'라는 진행형의 의미를 내포한 말이기도 하다. 산다는 것은 우리 삶에서 다양한 의미를 부여한다. 단순히 목숨을 부지해 살아있는 것은 '살다'의 의미에서 제외된다. '살다'라는 말은 '성장하다'라는 말을 뒷받침하는 말이다. 세상 만물은 살아가면서 성장한다. 식물은 살면서 꽃피우고 열매를 맺으며 성장한다. 사람 역시 살면서 행복을 꽃피우고 자식이나 성공이란 열매를 맺으며 성장한다. 성장이라는 말, 자란다는 말에는 노화도 포함된다. 정영화 시인은 피란민촌에서 살아온 그 어려운 시절이 있었으므로 가난을 탈피하고 싶은 꿈이 있었고, 은사님의 따스한 말씀과 함께 살고 있었으므로 '따뜻하고 존경받는 의사'가 될 수 있었다. 사람들은 흔히 '살다'의 반대말을 '죽다'라고 알고 있지만, '살다'라는 말은 '죽다'라는 말을 가정하지 않으며 '포기하다'라는 말이나 '그만두다'라는 말도 염두에 두지 않는다. '살다'라는 말은 부모와 집과 고향과 학교를 뿌리로 삼아 꽃과 열매와 성공과 행복을 가지로 내놓으며 성장하는 말이다.

3. 시인 정영화 엿보기

길고 긴 꼬부랑 고개를 넘는다
갈기 긴 말 한 마리 친구 삼아 걷는다
길길이 뛰는 애송이 엉덩이 잡아끈다
앞길 아득한데 갈참나무 그림자 길다
길어진 몸뚱어리 절룩 걸음 애처롭다

휘리릭 한 줄기 바람 간절하게 길다
갈 길 바쁜 나그네 질긴 미련 달랜다
고목에 의지한 조각잠 달콤하게 길다

긴 밤 날로 지샌 여인 쪽잠을 좇는다
길쌈 접고 이제야 허리를 길게 편다
둥글게 긴 굴뚝연기 따라 돌담을 돈다
물 길러 우물까지 잰걸음을 옮긴다
두레박에 남은 물로 긴 목을 축인다
긴 팔 뻗어 서둘러 물지게를 진다
가슴속 한가득 서러움이 길다

남은 길이 길다
나그네 기다리는 여인의 한숨도 길다
하지만 허락된 시간도 아직까지 길다

-「길다」전문

누가 '인생은 짧고 예술은 길다'고 말했는가? 맞는 말이긴 하지만, 살아보면 인생도 참 길다. 힘들고 지칠 때 절실하게 보고 싶을 때 모든 것이 끝나길 바랄 때 '일각이 여삼추'라는 말에 고개가 끄덕여지기도 한다. 얼마나 길게 느껴졌으면 1초가 가을을 세 번이나 지낸 3년 같다고 했을까? 정말 촌철살인의 표현이다. 이 작품은 묘사심상법에 의해 쓰인 시다. 정영화 시인은 필자가 강의하는 고려대 미래교육원 시창작 과정에서 전문적인 시창작 수업을 받았고, 20년 전통의 종합문예지 <스토리문학>을 통해 정식으로 등단한 시인이다. 축구를 잘하는 사람은 야구도 잘한다. 운동신경이 발달하여 모든 운동을 잘하는 것이다. 마찬가지로 정영화 시인은 학구파라 시작에도 열정적이었다. 늘 적극적으로 시창작 수업에 임했고 제출한 과제시도 훌륭했다. 묘사심상법의 표현 방식은 참으로 다양하다. 정영화 시인이 이 시에서 표현한 바와 같이 '길다'라는 한 단어에 초점을 맞추어 시를 쓰는 경우도 있고, "내가 그린 기린 그림은 암 기린 그림인가 숫 기린 그림인가"라든지, "눈에 눈이 들어가니 눈물인가 눈:물인가?" 같은 말놀이 시에서부터 아래 나오는 시의 첫 행처럼 "고양희 양(孃)은 고양이 양이의 집사다"처럼 동음이의어 방식의 채택, "나는 사랑하는 사람이 있多 그래서 기분이 좋多"라든지, "나無는 걱정이 없다 쾌지나칭칭 칭칭나無 십리 절반 오리나無" 식으로 말놀이를 하는 경우도 있다. 또한 "쑥부쟁이 매발톱엉겅퀴미나리아재비구절초개망초할미밀빵고주망태펑에다리 / 연필필통가방가위풀트라이앵글지우개실내화삼각자색칠판크레파스캐스터네츠(졸시 『숨은그림찾기』 중에서)"에서 '고주망태'라는 식물이 아닌 것을 찾는 것과 '칠판'이라는 학생이 가지고 다니지 않은 물건을 찾는 방식의 숨은그림찾기나 그림시도 있다. 이처럼 묘사심상법을 이용하여 다양한 시쓰기를 할 수 있는데 정영화 시인은 이런 시작(詩作) 기법을 충실히 적용해 독자들에게 시를 읽는 특별한 재미를 선사한다.

고양희 양(孃)은 고양이 양이의 집사다
고 양은 요즘 양이와 줄다리기 중이다
고 양이 가족과 식사를 하는데 양이는
간간이 눈치를 살피며 주위를 맴돈다

양이는 괴롭다
배고픈 양이는 눈앞의 고등어가 얄밉다
보고 있는 양이는 혼자 우는 침샘이 야속하다
이 고얀 집사 같으니라고

양이는 서럽다
하릴없는 양이는 조롱하는 미소가 힘들다
손발 묶인 양이는 시험하는 눈빛이 아프다
이 고오얀 식구들 같으니라고

양이는 화난다
고등어 먹었다 벌을 주는 건 너무 치사하다
고양희 양, 양이 말고 양(羊)이나 키우시지
이 고오오얀 식성 같으니라고

굶은 양이에게 고등어 냄새 풍기는 건
궁지 속 양이에게 거짓 호의를 베푸는 건
그건 너무 잔인한, 잔인한 유혹이 아닐까
이 고오오오얀 세상 같으니라고

- 「고양희 양의 고양이」 전문

이 시에서 고양희 양은 고양이를 기르고 있다. 고양이는 고양희 양의 심기를 건드리는 행동을 자주 한다. 양희의 양이는 고등어를 훔쳐먹고 목줄에 걸리는 형벌을 받는다. 고등어가 양희 양의 성씨인 고 씨와 같은 첫 자이기에 양희는 양이가 더욱 미웠을까. 그래서 양이는 양희에게 "고양희 양, 양이 말고 양(羊)이나 키우시지"라며 힐난한다. 이 시에서 고양희 양이 고양이를 기르는 것은 현대인들의 삶을 들여다보는 시인의 혜안이고, 보통 사람들의 삶을 시제로 삼는 것은 시의 큰 덕목이다. 문학은 그 시대를 반영하기 때문이다. 집에서 기르는 고양이는 주인이 물을 주고 밥을 주어야 하지만, 원래 고양이는 야생에서 자라야 하고 밥을 줄 필요도 목줄에 묶일 이유도 없는 존재다. 사람의 기호에 따라 사육되고 있을 뿐이다. 고양이는 늘 집에 있고 사람은 자주 나갔다 들어왔다 하니 사실 고양이 측면에서 보면 자기가 주인이고 고양희 양이 사육되는 것일 수도 있다. 사육이라는 말이 먹이를 주는 행위에 그치는 것이 아니라 아늑하고 포근한 삶의 분위기를 형성해주는 일이라면 고양이가 고양희의 주인일 수도 있다. 그리고 고양이는 주인보다 환경을 더욱 잘 기억한다고 한다. 그러니 고양이가 집사요 고양희가 사육되고 있다고 볼 수 있는 게 이 시의 관전 포인트이기도 하다. 더욱이 정영화 시인은 현대인들이 고양이를 기르는 것을 관찰하는 데 그치지 않고 "굶은 양이에게 고등어 냄새 풍기는 건 / 궁지 속 양이에게 거짓 호의를 베푸는 건 / 그건 너무 잔인한, 잔인한 유혹이 아닐까 / 이 고오오오얀 세상 같으니라고"라며 세상을 풍자한다. 어찌 고오얀 세상 같은 게 고양이를 기르는 일뿐이랴. 정영화 시인의 이 시는 '가진 척하는 사람들, 잘난 척하는 사람들, 배운 척하는 사람들'에 대한 경종의 메시지다.

정영화 시인의 시 몇 수를 읽어보면서 자연인으로서의 정영화, 의사로서의 정영화, 시인으로서의 정영화의 마음 세계를 여행해보았다. 그는 의사다. 그는 의사로서 "나는 나의 일생을 인류 봉사에 바칠 것을 엄숙히 서약한다. 나는 스승께 존경과 감사를 드린다. 나는 양심과 품위를 유지하면서 의술을 베풀 것이다. 나는 환자의 건강을 최우선적으로 배려할 것이다. 나는 환자에 관한 모든 비밀을 지킬 것이다. 나는 의업의 고귀한 전통과 명예를 유지할 것이다. 나는 동료를 형제처럼 여길 것이다. 나는 종교, 국적, 인종, 정치적 입장 혹은 사회적 신분을 초월하여 오직 환자에 대한 의무를 다할 것이다. 나는 생명이 수태된 순간부터 인간의 생명을 최대한 존중할 것이다. 나는 어떤 위협이 닥칠지라도 나의 의학 지식을 인류에 어긋나지 않게 사용할 것이다."라는 히포크라테스 선서를 했을 것이다. 정영화 시인의 시집 해설을 계기로 히포크라테스 선서를 읽어보니 의사들이 얼마나 고귀한 정신으로 환자와 보호자들을 만나려 하는지 느낄 수 있어 감동과 존경의 마음이 저절로 우러나온다.

임상의사인 정영화 시인의 시에는 세 가지 특징이 있다. 첫째, 세상을 긍정적으로 바라보는 시야가 있다. 둘째, 의사로서의 사명감과 봉사정신이 스며 있다. 그리고 마지막으로, 투철한 시인 정신이 표현되어 독자들에게 감동과 재미를 선사한다.

귀한 시집을 출판하는 정영화 시인에게 뜨거운 박수를 보낸다.

붙이는 글

  시간이 멈춘 듯 한적한 시골에서 한줌씩 꿈을 키워오던 소년은 지난 40여 년 동안 구름 위를 걷듯이 어깨춤을 추며 살아왔다. 임상의사로서 아픈 이들과 손잡고 어깨동무하면서 함께 걸을 수 있는 벅찬 행운을 누려왔다. 하지만 반백 년이 지나 스스로를 뒤돌아본 소년은 그제서야 자신의 몸과 마음 여기저기에 수많은 상처들이 방치되고 있음을 깨닫게 되었다. 소년은 정년퇴직이 베푸는 자비 덕분에 심신을 추스를 기회를 얻었다. 상처받은 몸과 마음을 치유하고자 잠시 일을 멈추고 운동과 글쓰기에 힘을 쏟았다. 그 결과, 뱃살을 줄이고 맑은 공기를 상쾌하게 느낄 수 있게 되었다. 덤으로 자연과 친구가 될 수 있는 특전도 얻었다.

  어렵게 얻은 시간이 아깝다는 생각이 밀려올 즈음, 소년은 사랑하는 환자들과 그들의 가족들께 격려와 위로를 드릴 수 있는 길, 좋은 뜻을 가진 의료인들과 생각을 나눌 수 있는 길을 찾아 나섰다. 그리고, 자신의 몸과 마음을 치유해준 시 쓰기의 은혜를 혼자 소유하기엔 염치없다는 생각을 했다. 시 쓰기의 놀라운 힘을 많은 이들과 공유하고 싶다는 충동을 이겨낼 수가 없었다. 부끄러운 발걸음을 있는 그대로 나누어도 괜찮지 않을까 하는 근거 없는 자신감에 소년은 이렇게 용기를 내어 한 겹 속옷마저 훌훌 벗어 버린다.

2024년 1월, 정영화

사는 재미

초판발행	2024년 1월 31일
지은이	정영화
펴낸이	안종만·안상준
편 집	조영은
기획/마케팅	박부하
표지디자인	이영경
제 작	고철민·조영환
펴낸곳	(주) **박영사**
	서울특별시 금천구 가산디지털2로 53, 210호
	(가산동, 한라시그마밸리)
	등록 1959. 3. 11. 제300-1959-1호(倫)
전 화	02)733-6771
f a x	02)736-4818
e-mail	pys@pybook.co.kr
homepage	www.pybook.co.kr
ISBN	979-11-303-1932-2 03810

정 가   14,000원